KB067600

잘 풀리는 인생을 발견하는 법

결국 원하는 대로

이루어질 거야

최서영 지음

북로망스

이 책을 읽으며 우리의 삶이 투명한 유리잔 같다고 생각했다. 먼지가 쌓이지 않도록 매일 깨끗하게 씻어줘야 하지만, 너무 세게 다루면 쨍그랑 깨질 수도 있는 섬세한 것. 최서영 작가는 하얀 리넨을 곱게 접어 친절하게 시범을 보여주며 알려준다. 우리에게 똑같이 주어진 24시간이라는 유리잔에 최대한 반짝반짝 광을 내는 방법을. 안팎으로 입김을 불어가며 잔을 매만지는 그녀의 정성스러운 모습은 단순한 자기 성장의 노하우를 넘어, 삶을 대하는 맑고 단정한 태도를 담고 있다. 그 모습을 따라가다 보면 어느덧 나도 할 수 있을 것 같은 자신감과 용기, 작지만 정돈된 의지가 생긴다.

- 안현모(방송인, 국제회의 통역사)

바쁘고 열정적으로 살면서도, 어른스럽게 자신을 돌보고 주변인까지 살뜰히 챙기는 저자의 비결이 궁금했다. 해답은 내면의 소리를 외면하지 않고 귀 기울이는 것이었다. 스스로를 도울 줄 알기에 타인을 위한 진심도 행동으로 옮길 수 있었던 것이다. 원하는 삶을 하나씩 이뤄가는 그녀의 든든하고 믿음직스러운 노하우를 읽으니, 나도 잘할 수 있을 거라는 에너지가 샘솟는다. 나를 보듬고 내 꿈을 응원해줄 에너지, 더 나아가 타인에게 진심을 전할 에너지가.

- 희렌최(《할 말은 합니다》 저자)

20대의 나는, 모든 문제집에 정답지가 있듯이 내 삶에서도 누군가 정답을 알려주는 사람이 있었으면 했다. 이 책을 읽고 마지막 장을 덮는 순간 깨달았다. 그때 내가 이 책을 만났더라면 답을 어느 정도 찾았을 텐데. 그랬다면 덜 아프고 더 용기 있게 나를 대접하며 나다운 삶을 살 수 있었을 텐데 말이다.

40대가 다가와도 여전히 인생의 문제는 많고 해답을 찾기란 쉽지 않은데, 이 책은 뒤죽박죽된 내 머릿속에 불을 탁 켜주었다. '고민의 가장 좋은 해결책은 늘 책에서 나왔다'라는 책 속 문장처럼 읽는 내내 고개를 끄덕였다. 이 책을 통해 많은 사람이 스스로를 따뜻하게 품어주리라 생각한다. 그런 의미에서 나는 벌써 최서영 작가의 다음 이야기가 기대된다.

– 정혜영(64만 유튜버 여수언니 & 봄날엔 대표)

문득 내가 하는 이 모든 것이 최선일까 느끼는 순간이 있다. 최선인 줄 알고 쉼 없이 달려왔는데 끝이 보이지 않을 때도 있다. 그렇게 잠시 멈추어 돌아봤을 때 내 곁에 아무도 없다고 느껴지면 얼마나 서럽고 외로울까? 하지만 이보다 견디기 힘든 것은, 지금 내가 무엇을 해야 하는지 모르는 것이다. 원하는 것이 무엇인지, 어떻게 나아가야 할지 모르는 이들에게 이 책을 권한다. 작가가 다정스레 던진 질문에 대답하기 위해 스스로를 돌이키다 보면 어느새 인생의 길이 트일지도 모른다. 이 책으로 아낌없이 나와 대화해보시길! 결국 모든 게 내가 꿈꾸는 대로 이루어질 테니까.

– 이지영(공간 크리에이터, 40만 라이프 스타일 유튜버)

최서영 작가의 인생 경험을 이 책으로 공유받으며 강렬하게 느낀 마음은 감사함이었다. 동기부여, 도전을 위한 용기, 사랑, 힐링 등 살면서 받고 싶었던 배려를 모두 받은 기분이었다. 지혜롭고 섬세하게 삶을 사는 그 정성스러움에 읽는 내내 마음이 뜨거워졌다.

나답게 살며 누리는 행복을 열망한다면, 자신을 더 솔직하게 만나고 자신의 색깔을 찾고 싶다면 이 책을 강력하게 추천한다. 깊은 통찰과 따뜻한 격려로 곁에 있는 이들이 잘될 수밖에 없도록 이끄는 최서영 작가의 소중한 인생 조언을 가감 없이 들을 수 있다. 자기 성찰과 성장의 여정을 함께 해줄 것이기에, 더욱 빛날 우리의 삶을 위해 이 책을 꼭 읽기를 권한다.

– 오은환(《꽃은 누구에게나 핀다》 저자)

독자들이 보내는 찬사

내 인생의 터닝 포인트는 최서영 작가의 이야기를 알게 된 것! 자기 계발뿐만 아니라 따뜻한 위로까지 마음속에 채워진다. – gn***님

멘탈이 안 좋을 때마다 찾는 최서영 작가의 글. 볼 때마다 많은 도움이 된다. – se***님

한 번뿐인 인생 잘 살고 싶은데 마음대로 되지 않을 때, 어떻게 살아야 할지 고민될 때 최서영의 인생 조언을 추천한다. –be***님

친한 언니처럼 사는 법에 대해 따끔하게 조언해주는 책. 그때그때 고민과 마음가짐에 따라 색다르게 와 닿는다. – sk***님

50대에게도 적용할 수 있는 최서영의 자기 관리 방법! – rm***님

보는 것만으로도 동기부여가 되고 성장할 수 있을 것만 같은 책.
– hy***님

인생을 살아가는 힌트, 따뜻하면서도 현실적인 조언, 삶을 대하는 자세의 표본이다. – 재***님

삶이 두려워서 나아가지도, 그렇다고 제자리에 머무르지도 못하는 이들에게 추천한다. – 77***님

나다움이 나를 구한다

인생을 처음부터 다시 살 수 있다면, 지금의 기억 그대로 과거로 돌아가 잘못된 것들을 되돌릴 수 있다면 얼마나 좋을까. 인생을 다시 사는 회귀물 장르의 주인공들을 보면 늘 부러웠다. 결말을 알고 있는 누군가가 나에게 이번 생은 이렇게 살아보라고 알려준다면 실패 없이 탄탄대로의 삶을 살 수 있을 텐데. 크고 작은 도전과 실패, 그 경험 속에서 무한히 작아지는 나 자신에 지칠 때면 딱 한 번뿐인 인생이 야속했다.

어느 날 사진 앨범을 펼쳐보듯 나의 삶을 쭉 톺아보며 만약 나에게 인생을 다시 살 기회가 주어진다면 어떻게 살 것인지 생각해보았다. 더 좋은 환경에서 자라면 어떨까? 공부를 더 열심히 하면 어떨까? 그때 그 사람을 만나면 어떨까? 모든 경우의 수를 생각해보니 의외의 결론이 났다. 내 삶에서 가장 후회되는 것은 더 노력하지 않았거나 더 좋은 선택을 하지 않은 것이 아니라, '순간을 더 누리지 못한 것'이라는 사실이다.

돌아본 내 인생은 안쓰러우리만큼 열심이었다. '내가 감히 이래도 되나'라는 생각에 좋은 것을 선택할 용기가 없어 최선이 아닌 차선을 선택하며 살았을 때도 나는 그 차선에 할 수 있는 모든 노력을 쏟아부었다. 시간을 되돌려도 딱 그만큼 열심히 할 것이다. 우리가 했던 대부분의 일이 당시 우리의 최선이었던 것처럼 말이다.

다만 나는 좋은 일이 있어도 아직 갈 길이 멀다는 마음으로 마음껏 좋아하지 못하고 스스로를 다그쳤고, 무언가가 잘 풀리지 않으면 '이럴 줄 알았어, 더 열심히 하지 못한 내 탓이야'라며 나를 채찍질했다. 행복이 저 멀리 있는 줄만 알았던 나는, 바로 눈앞에 있는 소중한 순간들을 놓치며 앞으로 내달리기만 했다.

내가 만약 모든 것을 안 채 과거로 돌아간다면 더 나은 삶을 위해 특별한 선택을 하기보다 좋은 일은 마음껏 좋아하고 슬픈 일은 마음껏 슬퍼할 것이다. 대신 나다움을 지키고, 익숙한 것에 감사하고, 나에게 좀 더 다정한 내가 되고 싶다.

생각해보면 인생 2회차인 드라마 속 인물들도 우여곡절을 또 겪는다. 다만 이미 시행착오를 경험했기에 일어설 방법을 알고 대처한다. 그 과정에서 그들은 나다움을 찾아가며 성장한다. 그렇다면 나도 다시 오지 않을 시간을 아쉬워하며 이런저런 상상을 하는 대신 이제부터 그렇게 살아가면 되는 거였다. 다가오는 상황들에 용기 있게 직면하고, 순간을 충분히 만끽하는 거다. 일이 뜻대로 풀리지 않을 때는 좌절할 것이 아니라 실패를 밑거름 삼아 일어서는 것이다. 지나간 일을 뒤집을 수는 없지만 덜 후회하며 더 나답게 살 수 있을 것이다.

앞으로의 나는 어제보다 딱 한 뼘 더 성장할 나를 목표로 삼으며 경험치를 쌓고, 책에서 해답을 찾고, 주변에서 조언을 얻으면서 탄탄하게 내실을 쌓아갈 것이다. 단단하게 바로 서고 덜 헤매고 덜 상처받으며 내가 바라는 어른의 모습에 한 걸음씩 다가가기 위해서.

살면서 종종 나보다 한발 앞선 선배의 존재가 간절했던 것처럼, 인생을 더 잘 살고 싶은 누군가에게 도움이 되고 싶어 내가 했던 노력을 이 책에 썼다. 어떻게든 해냈던 시간, 근거 없는 불안함이 생겨도 중심을 잘 잡으려고 했던 순간, 미리 깨달았다면 더 좋았을 일들을 가감 없이 담았다. 누구나 인생은 처음이고, 두려움을 겪게 되기 마련이기에.

내가 단단하게 설 용기를 냈듯이 이 책을 읽는 이들에게도 용기를 주고 싶다. 내 글을 읽고 누워 있는 누군가는 일어나서 자세를 고쳐 앉길 바라고, 인생의 무게가 너무 무거워 울고 있던 누군가는 주먹을 불끈 쥐고 다시 시작하길 바란다.

여러분이 단단하게 나로 서는 법을 알아가시기를 바라며.

2024년 2월, 최서영

차례

프롤로그 나다움이 나를 구한다   008

내 마음부터 제대로 읽어봐

완벽하지 않은 나를 사랑할 용기   020

나를 잘 대접하는 법   025

겸손과 자격지심은 한 끗 차이   032

주인공 vs 조연, 무엇이 되겠습니까   038

돈이 가르쳐준 메시지   044

내 습관이 보내는 SOS 신호   051

나를 지키는 최소한의 루틴   059

일상의 온오프 스위치를 만들어봐   064

Chapter
2

잘될 수밖에 없는 씨앗 심기

계속 공부하는 연습 072

가장 쉽게 식견을 넓히는 법 076

다시 만나고 싶은 사람이 되세요 081

단단한 멘탈은 이렇게 만들어진다 087

인생을 바꾸는 말 한마디 092

시간을 내 것으로 만들고 싶다면 097

머릿속 배터리를 충전하는 법 106

삶은 한 줄에서 시작된다 114

잘될 수밖에 없는 6가지 태도 121

가까이 있는 어른을 살펴봐 131

취향은 철학이다 135

빛나는 오르막길을 걷기 위하여

가짜 꿈에 속지 말자   146

게으름을 이기는 몰입의 요령   151

성공 확률을 높이는 목표 달성법   155

사무적인 인간관계가 뭐 어때   161

질투심을 역이용하는 사람이 일류다   165

프로의 기본 조건 7가지   170

좋아하는 마음도 재능이다   178

노잼 시기라는 사이클   183

무엇이든 잘 풀리는 추진력을 얻고 싶다면   191

롤 모델이 가르쳐준 것   196

버티기라는 소중한 근력   200

Chapter
4

흔들리지 않는 삶의 태도

인생은 한 번이지만 수정할 기회는 있다   210

잘된 사람들에게 꼭 묻는 것들   216

이런 사람은 되지 말자   220

행동으로 증명하는 사람   227

위기를 헤쳐 나가는 법   231

관계는 이렇게 정리된다   236

주도권을 존중해야 하는 이유   241

속마음을 오해하지 않을 것   245

나이를 먹으면서 배우는 것들   249

'때문에'보다 '덕분에'   253

나에게 거짓말은 하지 마   259

에필로그 내 인생의 1번은 나니까   264

부록 삶의 내공을 다지는 문장들   268

Chapter
1

내 마음부터

제대로 읽어봐

나를 알아야 사랑할 수 있고,

사랑하는 사람은 더 알고 싶은 법.

그래서 나답게 사는 것이

내 인생의 정답이다.

✦

나에게 좋은 것을 선택하고,

나를 좋은 곳에 데려가고,

좋은 사람들과 만나게 해주자.

귀한 손님을 대하듯이

스스로를 대접해주는 태도를 가지자.

완벽하지 않은
나를 사랑할 용기

나는 내가 잘됐으면 좋겠다. 세상 그 누구보다 나를 응원하고, 나의 행복을 바라며 나를 아끼는 사람은 바로 나 자신이다. 내가 무언가를 실행하도록, 멋진 인간이 되도록 만들 수 있는 사람도 나뿐이다. 자기애가 과잉인 세상이 되었다고 하지만 단 하나뿐인 나를 나부터 소중히 여기지 않으면 누가 나를 사랑할까. 적당한 자기애는 인생을 지탱하는 지지대가 될 수 있다.

사랑하는 사람에 대해 아주 사소한 것들까지 궁금해지는 것처럼, 나는 나에 대해 더 깊게 알고 싶다. 스스로를 탐구하는 일이 어떤 것보다 재밌다. 각종 성격 유형 검사가 몇 년간 더욱 주목받고, 나를 유형화하는 방법이 다양한 요즘의 트렌드는 나에게 집중하고, 궁극적으로 자기 자신을 사랑하고 싶은 사람이 많다는 걸 말해주는 것 같다.

살면서 사회적 역할이 점점 늘어나거나 환경이 바뀌는 큰 변화가 생길수록 그 변화를 잘 맞이하는 것도 나를 돌보는 방법이다. 나는 최근 몇 년간 인생에서 가장 기쁘고도 고된 시간을 보냈다. 유튜버로 활동하고, 책을 출간하며, 아이도 낳았다. 독자분들의 성원에 감사한 한편, 목표로 삼은 일을 이루기에는 물리적으로 시간과 체력이 부족했다. 일만 해 왔던 나에게 엄마라는 책임이 생기면서 엄마와 아내로 사는 개인의 삶은 낙제한 것 같아 때때로 괴로웠다. 혼란 속에서 하루에도 몇 번씩 작은 실패들을 마주했다. 온전히 나의 힘으로 어떻게 할 수 없는 한계에 도달하니 자주 무기력해졌고, 나에 대한 실망으로 이어졌다. 나를 받쳐주었던 자기애가 점점 흔들렸다. 나는 이미 변화하고 있는데 그저 예전의 나로 돌아가려니 인지부조화에 빠졌다.

나를 알아야 사랑할 수 있고, 사랑하는 사람은 더 알고 싶은 법. 변하고 있는 나를 더 알기 위해서 꾸준히 일기를 쓰며 나를 돌아보기도 했고 객관적인 판단을 위해 다양한 검사와 상담도 받아보았다. 주관적으로도, 객관적으로도 나는 또 다른 역할과 가치를 가지게 된 새로운 사람이었다. 새로워진 사람을 예전의 방식으로 대하고 있었으니 안 맞는 옷을 억지로 입힌 것처럼 문제가 생기고 마음만 힘들었던 것이다.

나의 유튜브 채널에 출연한 라이프 코치님에게 당신의 인생을 바꾸게 했던 질문이 무엇이냐고 물었던 적이 있다. 그는 이렇게 답했다.

"30년 후의 당신이 지금의 당신에게 해주고 싶은 말은 무엇일까요?"

코치님은 이 질문을 받고 대답을 구체화하면서 삶의 방향이 바뀌었다고 했다. 나도 이 질문을 던져보았다. 미래에 할머니가 된 나는 우선 내가 선택한 모든 발자취를 두고 잘했다고 박수쳐줄 것이다. 힘들겠지만 어떤 것도 의미 없는 것은 없다고 말할 것이다. 그리고 나를 위해 꼭 휴식을 가지라고, 너무 힘들면 쉬어가도 된다고, 인생은 충분히 길다고 말해줄 것이다. 무리하지 않는 선에서 원하는 건 어떤 것도 놓지 말라고. 잘할 필요 없이 하는 것만으로도 의미 있는 일이 많다고 할 것이다.

사실 지금의 내가 나에게 하고 싶었던 말이었다. 내게 놓인 일을 모두 완벽하게 해내고자 했던 내가 듣고 싶은 이야기였다. 대답을 정리하고 나니, 잘하고 싶을수록 욕심만 앞세우면 이도 저도 안 된다는 것을 깨달았다. 주어진 여러 가지 역할을 모두 100%로 해내는 만능 플레이어는 슈퍼맨이나 가능하다. 나의 몸은 하나고, 에너지도 한정되어있다. 사람이기 때문에 부족한 부분이 있는 것이 당연했다. A+가 아니어도 된다. 하루하루 충실하게 살았다면 B+ 인생이라고 하더라도 만족하기로 했다.

나는 '무언가를 성취하는 나'의 모습에 자부심을 느낀다. 다만 태도가 달라졌다. 예전에는 초과 상태의 벅찬 일들을 해내고 성과를 내려는 나를 좋아했다면 이제는 좀 더 나에게 가치가 있는 일을 찾아내고 그것을 향해 즐겁게 달려가는 모습을 좋아하게 되었다. 결과에 일희일비하는 것보다 과정에 감사하기로 마음먹었다.

살다가 삶을 흔드는 변화를 마주할 때 우리는 무심코 뒤를 보게 된다. '이미 아는 나'와 '한 번 가봤던 쉬운 길'을 가고 싶어진다. 하지만 그렇게 해서 고난이 덜어지지 않는다면, 새로운 상황에 있는 나를 받아들이고 스스로를 다시 한번 알아보는 시간을 가져보는 것은 어떨까?

유튜브 〈말많은소녀〉 채널
당신은 스스로에게 약속한 삶이 있나요?

나를 잘 대접하는 법

스스로에 대해 더 잘 알고 싶고, 나를 아껴주자고 마음먹었어도 도대체 어떻게 해야 할지 감이 잡히지 않는 경우가 있다. 보통은 좋아하는 친구에게 어떻게 표현해야 하는지 몰라서 괴롭히고 울리는 서툰 어린아이처럼 시행착오를 겪곤 한다. 나 역시 그랬다. 그냥 심플하게 내가 하고 싶은 대로 나를 대하면 된다고 생각했다. 하지만 어른이 되어 경험치가 쌓이다 보니, 나를 기르는 마음으로 스스로를 돌보는 것이 나에게 대접해주는 길이라는 것을 깨달았다. 그저 눈앞의 욕구만 따르기보다 세심하게 가꾸며 좋은 일들을 해주는 것이다. 나를 기른다는 말이 낯설게 느껴진다면 '자기 관리', '나를 대하는 매너'라는 말로 바꿔서 생각해도 좋다. 타인을 대하는 태도에만 신경을 쓰는 대신 나 자신에 대한 예의부터 지키자고 마음먹고 나니, 어떻게 나를 잘 키워야 할지 정리할 수 있었다.

1. 인생 목표 설정

사실 내 인생을 어떻게 살아야 하는지 깊이 생각하지 않는 사람이 꽤 많다. 당장 눈앞에 놓인 현실을 살기에도 버거워서 그랬거나 진지하게 고민해본 적이 없는 것이다. 나는 늘 하고 싶은 게 많아 여러 방면에서 노력했지만 고생은 고생대로 하면서 막상 손에 쥔 것은 적었다. 나에 대해 잘 몰라서 방향성이 분명하지 않았기 때문이었다.

인생 목표라는 말이 거창하고 막연하게 느껴진다면 올해의 좌우명 같이 단기간의 목표를 정해도 좋다. 중요한 것은 내 삶에 대한 만족이다. 어떤 사람으로 어떻게 살아갈 것인지 자신만의 철학에 대해 고민해보길 바란다.

2. 대인관계 속 자기 관리

살다 보면 부당한 대우를 받을 때가 있다. 나 역시 사회초년생 시절 자존심을 짓밟는 사람들을 만나곤 했다. 돌이켜보면 후회되는 것은 딱 하나다. 그 상황에 나를 방치한 것. 그들이 무례하게 대하는 건 그럴 만한 이유가 있을 것이고, 내가 어려서 뭘 모르니까 참는 게 답이라고 생각했다. 부당한 처사라는 생각은 들었어도 세상이 맞고 내가 틀린 거라면서 나 자신을 믿어주지 못했다. 나쁜 관계에 나를 내버려두기만 하는 건 소화가 안 되는데도 꾸역꾸역 음식을 먹는 것과 같다. 그렇게 몇 번 탈이 나니 세상으로부터 나를 지키지 못했다는 자책감에 오랫동안 괴로웠다. 큰 목소리로 부당함에 맞서든, 조용히 자리를 피하든, 어떤 방법이어도 좋다. 내 마음을 지킬 방법을 터득하면 된다.

3. 꾸준한 건강 관리

체력이 떨어질 때마다 나는 나도 모르게 주변 사람에게 짜증과 화를 표출하고 있었다. 사방으로 부정적인 에너지를 뿜으니 그런 내 모습에 내가 스트레스를 받아 일의 능률도

오르지 않았다. 잠을 줄이고, 끼니도 거르며 일에 몰두하는 게 훈장처럼 느껴진 적도 있었지만 그렇게 해서 얻는 것보다 체력을 끌어올려 일도, 인간관계도, 건강도 챙기는 게 나의 재산이라는 걸 이제는 안다.

4. 자산 관리

수입이 일정하지 않은 시절, 통장 잔고가 부족한 만큼 마음도 함께 위축되곤 했다. 절약에만 치중해 돈을 써야 할 상황도 '돈 드는 건 안 한다'라는 마음으로 흘려보낸 적이 꽤 있었다. 돈을 들이지 않거나 적게 들이고도 원하는 걸 얻을 방법은 있지만 마음이 여유롭지 않으니 귀찮고 수고스럽게만 느껴졌다. 그렇게 놓쳐버린 시간과 기회가 너무 많았다. 돈이라는 장벽에 막힌 경험은 나뿐만이 아닐 것이다. 나는 마음의 문제 때문에라도 돈 공부를 해야 한다고 생각한다. 돈 공부는 할수록 이롭다. 돈에 대한 막연한 공포를 이겨내고 정말 중요한 것에 투자할 줄 아는 지혜도 얻을 수 있으니까.

5. 자신만의 취향 가꾸기

취향을 관리한다는 것은 내 삶에 들일 것들에 대해 심사숙고하는 것이다. 어릴 때는 무엇이 좋고 나쁜지 판단하기 어려웠고, 한정된 예산 때문에 가성비만 따지거나, 원하는 게 있어도 선뜻 사지 못했다. 할인한다는 이유로 물건을 잔뜩 사서 집에 쌓아놓은 적도 있었다. 그러다 보니 내가 정말 원했던 물건을 둘 자리가 점점 사라져갔다.

취향이 아닌 것들을 내 삶에 들일수록 나의 색깔도 흐려진다. 나만의 취향으로 내 삶을 채우고 싶다면 '할 수 있는 것'보다 '원하는 것'에 초점을 맞춰보자. 시간이 오래 걸리더라도 정말 좋아하는 것을 내 곁에 두려고 노력해보자.

우리는 행복하고 싶어 하고 행복을 좇는다. 그런데 노력의 방향이 잘못되어 행복해지지 못하기도 한다. 당장의 일차적인 욕구는 충족되지만 결과적으로 나에게 좋지 않은 선택을 한다든지, 사랑받기 위해 나를 일방적으로 희생하는 관계에 내버려둔다든지 하는 것들 말이다.

나에게 궁극적으로 좋은 것을 선택하고, 나를 좋은 곳에 데려가고, 좋은 사람들과 만나게 해주자. 귀한 손님을 대하듯이 스스로를 대접해주는 태도를 가지자.

인생 스킬 노트

✤ 나를 잘 대접하기 위해 반드시 되새겨야 할 질문 ✤

Q. 나는 어떤 삶을 살고 싶은가? 혹은 어떤 사람이 되고 싶은가?

Q. 원하는 삶에 닿기 위해 나는 어떤 행동을 해야 할까?

Q. 하고 싶은 일을 이루기 위해 내 인생에 꼭 들이고 싶은 것들에 대해 써보자. (습관, 물건, 관계 맺기 등 갖추면 좋을 것을 나열)

겸손과 자격지심은
한 끗 차이

나는 외부 자극에 민감한 성향을 가지고 있다. 타인의 시선
과 평가에도 쉽게 흔들리곤 했다. 남의 이목에서 자유로워
지려 애쓰고 매사 의연해지려고 노력하지만 역시나 미움받
는 건 두려운 일이다. 그러다 보니 부정적인 분위기 속에서
나의 이름이 언급되는 일 자체가 껄끄러웠다. 미움의 대상이
되고 싶지 않았던 내가 선택한 건 자기 비하였다.

"미인이시네요."

"아, 화장이 잘 됐나 봐요."

"요즘 활동하시는 거 정말 멋지십니다."
"에이, 딱히 돈은 안 되는 일이에요."

미움받지 않기 위해 내 안의 비관적인 자아가 생각하는 모든 부정적인 말을 내뱉곤 했다. 내가 사람들을 대하는 모습을 자주 보던 친구가 이렇게 말했다.

"그러면 네가 겸손해 보인다고 생각하는 거야? 그건 겸손이 아니라 자존감 낮은 사람이야. 듣는 사람 입장에서는 뭐라고 맞장구를 쳐야 할지 난감하고 그때부터 네가 말한 단점만 보여."

다른 사람들에게 미움받고 싶지 않아서 했던 말들이 상대방을 불편하게 만들었다. 그 말은 나를 괴롭게 하기도 했다. 나를 깎아내린 말이 다시 내 귀로 들어오면서, 스스로를 더 위축시킨 것이다.

주변에 싫어하는 사람이 있다면 피해 갈 수 있지만 나 자신을 싫어한다고 해서 내가 아니게 될 수는 없기에, 내가 나를 미워하는 것이 남에게 미움받는 것보다 몇 배는 더 고통스러웠다. 남들은 전혀 모르는 나의 내밀한 비밀과 단점들을 스스로는 너무 잘 알고 있어서 더 미워할 수밖에 없었다.

미국의 범죄학자 조지 켈링과 정치학자 제임스 윌슨이 명명한 '깨진 유리창 이론'에 대해 들어본 적이 있을 것이다. 유리창이 깨진 차를 방치하면 이곳의 법과 질서가 지켜지지 않고 있다는 메시지로 읽혀 강력범죄로 확산될 수 있다는 이론이다. 이 이론은 자존감에도 적용할 수 있다.

자기 비하 = 유리창이 깨진 차

유리창이 깨진 차 같은 자기 비하를 수리하지 않고 그대로 두기만 하면 자존감 하락의 수렁에 빠진다. **나를 방치하지 않고 돌보는 것이 자존감을 지키는 방법이다.** 자기 비하를 했던 나도 정작 자신을 과소평가하는 사람보다 자신감

넘치는 사람에게 더 끌리곤 했다. 단점을 말하면 그것만 신경 쓰이는 것처럼, 장점을 말하면 더 부각되어 그 사람의 특징이 된다. 사람들은 대부분 타인에게 지대한 관심을 가지지 않는다. 업무 평가가 아닌 이상 타인에 대한 인상은 당시의 상황이나 기분에 좌지우지된다. 대부분의 경우 공정하고 객관적인 지표로 평가하지 않는다. 자기 비하는 과잉된 자의식과 타인만 옳고 나는 틀리다는 그릇된 추측이 합쳐진, 모두에게 부정적인 행동일 뿐이다.

그 후 나는 자기 비하를 멈췄다. 타인의 평가에 민감하고 비판적인 나의 성향을 이해하고, 나를 괴롭히는 대신 관대해지려고 한다. 상대방이 나를 칭찬하면 굳이 부정하지 않고 감사의 말로 돌려주려고 한다. 내가 정말 부족한 부분이 있어 질타받는다면 더 나아지려고 노력한다.

스스로를 어떻게 평가하는지에 따라, 상대방이 나를 판단하는 기준도 바뀐다. 내가 나를 함부로 말한다는 건 상대방도 나에 대해 그렇게 말해도 괜찮다는 의미로 프레임을

씌우는 것이다. 본인이 인정한 것이 되는 셈이니까. 그렇기 때문에 우리는 겸손과 자기 비하를 잘 구분해야 한다.

인생 스킬 노트

❊ 나를 낮추지 않는 긍정 화법 3가지 ❊

1. "감사합니다."

타인에게 칭찬을 받으면 반사적으로 손사래 치기보다 나의 장점을 알아봐준 상대방에게 고마움을 전한다. 있는 그대로 받아들이자. 나의 좋은 점까지 부정할 필요는 없다.

2. "그럴 수도 있지."

상대방이 실수를 하는 등 의도치 않게 난처한 상황이 벌어지면 화를 내기보다 지금이라도 알게 되어 다행이라고 생각해보자. 이미 벌어진 일, 고칠 방법을 찾아나가자고 말하는 것이다.

3. "정말 좋은데요?"

좋은 것은 좋다고 아낌없이 표현한다. 상대방이 나를 칭찬하듯 나도 그의 장점을 발견해주는 것. 인사치레나 보상을 바라는 말이 아닌 진심이 담길수록 서로 긍정적인 시너지를 준다.

주인공 vs 조연,
무엇이 되겠습니까

누구를 만나도, 어느 집단에 속해도 호감을 사고 주목받는 사람이 있다. 특별한 행동을 하지 않는 것 같은데 사람들이 좋아하고 늘 자존감이 높아 보이며, 타인에게 휘둘리지 않고 자기 삶의 주인공으로 빛나는 존재. 나도 내 인생의 주인공으로서 주체적으로 살고 내면이 단단하길 바랐다. 남들에게 끌려가지 않고 자신만의 방식대로 사는 힘은 어디에서 나오는 것일까? 곰곰이 돌이켜보니 각자 고유한 매력은 달라도 그들에겐 공통점이 있었다.

1. 누가 뭐라 해도 나를 아낀다

내가 어떤 모습이든 '그럼에도 불구하고'라는 마음으로 자신을 아껴준다. 흠이 없고 완벽한 사람이라서가 아니다. 자신의 존엄을 믿는 태도는 그 사람을 빛나게 한다. 그런 사람들은 인간관계에서도 뾰족함이 없다. 스스로를 과장하거나 축소하지 않고 있는 그대로 받아들인다는 것 자체가 자기 자신을 객관적으로 판단하는 '메타 인지'가 이뤄진다는 뜻이다. 나의 존재를 수용하고 나를 긍정하는 것은 정서적으로 안정되어야 가능한 일이므로 타인과의 관계에도 영향을 미침은 물론이다.

스스로에 대해 한없이 부정적인 사람들과 대화를 길게 이어가기 힘들다는 것을 생각하면 이해가 쉽다. 자기 비하로 스스로를 괴롭혔던 지난날의 내가 그랬던 것처럼, 자신을 아끼지 않는 사람들은 아무리 좋은 말을 들어도 그것을 튕겨낸다. 하지만 자신을 긍정하는 사람은 상대방의 칭찬을 감사히 받아들이고, 비난에도 의연하다. "그 옷 안 어울린다"고 한다면 "그렇게 생각하는구나? 근데 난 마음에 들어" 하며 부드럽게 상황을 중화시킨다.

자기애를 과시하는 것과는 다르다. 지나친 과시는 곧 결핍인 법. 진정한 자존감은 굳이 애쓰지 않아도 행동으로 자연스럽게 드러나고 살아온 삶으로 증명된다. **나를 사랑하고 스스로 대접할 줄 아는 사람은 내 인생을 행복하게 만드는 최선의 선택이 무엇인지 안다.** 긴 시간에 걸쳐 단단하게 쌓아온 일상들이 모여 빛나는 사람이 된다.

2. 긍정 마인드를 장착한다

에너지가 넘쳐 주변을 행복하게 만든다. 이들과의 대화는 늘 긍정적인 방향으로 마무리된다. **사람들은 의식적이든 무의식적이든 자신에게 좋은 영향을 줄 것 같고 도움이 될 것 같은 사람 곁에 머물고 싶어 한다. 당연히 나에게 부정적인 영향을 끼칠 것 같은 사람은 피하고 싶을 것이다.**

다만 긍정적이라는 말을 오해해서는 안 된다. 어떠한 사안에 대해 잘될 거라고 생각하는 것은 긍정이지만, 인과관계를 고려하지 않고 무조건 좋게만 생각하는 것은 긍정이 아니라 다소 대책 없는 낙관론에 가깝다. 또 타인에 대한 배려 없이 자기 자신에게만 긍정적인 것도 긍정이 아닌 이기적인 태도에 불과하다.

3. 항상 성장할 궁리를 한다

외모가 뛰어나거나 가진 것이 많은 사람이라면 첫눈에 호감을 살 확률이 높다. 일명 완성형인 사람일수록 첫인상도 멋지게 느껴진다. 물론 완성도가 높은 사람도 멋지지만, 반복해서 만나는 관계일수록 그에 못지않은 매력적인 사람이 바로 성장형 인간이라고 생각한다.

내가 성장하는 사람을 좋아하는 이유 중 하나는 그 사람을 볼 때마다 새로운 이야기가 있기 때문이다. 그들은 같은 자리에 머물지 않고 계속 앞으로 나아가기에 매일 똑같아 보이는 일상마저도 성장의 서사다. 그들은 그저 하루하루 충실히 살아가는 것만으로도 주변에 좋은 영향을 준다. 나답게 살았을 뿐인데 늘 발전하는 모습이 타인에게 긍정 효과를 불러일으키는 것이다.

자기 주도적으로 사는 사람들은 시간이 지날수록 빛을 발한다. 단번에 눈에 띄지 않아도 결국 알아챌 수밖에 없는 광채가 뿜어져 나온다. 주체적인 태도는 단기간에 만들어지는 것이 아니기에 더더욱 그렇다. 주목받고 싶어서 과장되게 행동하거나 지나치게 눈치를 볼 필요는 없다. 현재에 집중하고 좀 더 나은 자신이 되기로 다짐한다면 당신은 이미 당신의 삶의 주인공이다.

유튜브 〈말많은소녀〉 채널
사람들 사이에서 주목받는 인기 있는 사람들의 공통점

인생 스킬 노트

❊ 용기를 내는 사람이 삶의 주인공이 된다 ❊

- ☑ 어제의 나보다만 더 잘 살아보자고 마음먹는다.

- ☑ '괜찮아, 다시 하면 되지'라고 생각한다.

- ☑ 사람은 누구나 불완전하다. 굳이 티 내지 않는 것뿐이다.

- ☑ 나는 무엇이든 가능한 사람임을 되새긴다.

- ☑ 먼 앞날에 대해 과하게 불안하다면 '그래서 문제라도 생겼어?' 라고 되뇌어보자.

- ☑ 다짐할 때는 입 밖으로 소리 내어 말해보자. 언어는 발화될 때 더 큰 힘을 지닌다.

- ☑ 내가 아닌 외부 환경과 타인의 모습에 집중하면 멘탈 관리에 방해될 뿐이다. 정신 건강을 위해 적당히 흘려보내자.

- ☑ 세상에서 나를 가장 사랑하는 사람은 나 자신이다.

- ☑ 나부터 나를 믿기로 노력한다.

돈이 가르쳐준
메시지

프리랜서로 일하면서 지키기 어려운 것 중 하나는 일을 적당히 하는 것이다. 일이 정말 좋아서 일을 많이 하는 사람도 있지만, 대부분은 지금이 아니면 언제 이런 기회가 올까 하는 조바심에 항상 과도한 업무량에 파묻히게 되는 것 같다.

프로젝트를 마감할 때가 되면 나는 쓸데없는 지출로 스트레스를 푼다. 매운 음식이 당겨 야식을 먹고, 뻣뻣하게 굳은 어깨를 풀기 위해 마사지를 받는다. 장시간 모니터를 보느라 거북목이 된 것 같아 필라테스 수업을 짬짬이 듣는다. SNS 광고의 알고리즘이 이끈 쇼핑몰에 접속해 이미 옷장에 있을 법한 옷을 또 산다. 친구를 만나 고급스러운 식당에 가서 맛있는 음식을 먹기도 한다. 스트레스를 해소하기 위해 쓰는 비용이, 일을 더 해서 번 돈과 비슷한 것 같다.

스트레스 해소를 위한 금융 치료도 한계가 있다. 소비는 일시적일 뿐, 과중한 업무는 어김없이 번아웃을 부르기 때문이다. 하고 싶은 일을 내 속도대로 하기 위해 프리랜서로 사는 것인데 어째서 나는 자본주의에 물들어 돈의 노예가 되어 사는 것일까 자조한다. 쉴 수도 없다. 두어 달쯤 느슨하게 일하다 보면 눈에 띄게 일감이 줄어들어 조바심이 생긴다. 간신히 들어온 일을 해내면 쉴 때는 느끼지 못했던 보람과 성취가 밀려온다. 역시 나는 일을 해야 살 것 같다며 감사한 마음으로 다시 일에 파묻힌다.

과로와 번아웃이 반복되는 사이클의 기저에는 돈이 깔려 있었다. 돈이 나를 좌지우지한 것은 아주 예전부터였다. 살면서 부족함도 넘침도 없이 자란 줄 알았는데, 대학교에 가서 전국 각지에서 모인 다양한 친구들을 만나며 새로운 세상을 마주했다. 사람이 숨길 수 없는 3가지가 사랑, 재채기, 가난이라고 했던가. 나는 그 말에 동의하지 않는다. 가난은 다들 기를 쓰고 감추려 한다. 하지만 부유함은 자기도 모르게 배어난다. 수백만 원 상당의 가방을 매일 바꿔서 들고 다니는 친구, 신입생 때부터 비싼 외제 차를 타는 친구, 온 가족이 세계 일주를 하기 위해 휴학하는 친구들을 보면서 충격에 빠졌다.

아나운서 준비생으로 지낼 때는 나를 더욱 옥죄었다. 최종 선발 인원이 적어 수험 기간을 짐작하기 어렵고, 비싼 학원비와 각종 의상 준비 비용, 헤어 메이크업까지 부모님께 손을 벌리는 게 죄송해서 아껴야 한다는 생각이 늘 머릿속에 있었다. 나름대로 투자했지만 시험에 떨어지면 아쉬움이 남았다. 더 좋은 옷을 입고 갔다면, 개인 레슨을 더 받았다면 면접을 더 잘 볼 수 있지 않았을까 하며 나의 한계를 인정하는 대신 여유롭지 못한 상황 탓을 했다.

직장생활을 하면서는 회사가 나와 맞지 않는다며 큰 고민 없이 그만두거나 다른 일에 도전해보겠다고 훌쩍 유학을 떠나는 동료들이 부러웠다. 서러운 일을 겪을 때마다 내가 돈이 많았다면 겪지 않아도 될 일을 돈 때문에 겪는 것이라고 생각했다. 게다가 출퇴근 거리 때문에 자취하면서부터는 숨만 쉬어도 돈이 나간다는 느낌이었다. 물질적으로 아끼는 건 생각보다 힘들지 않았다. 진짜로 나를 힘들게 한 것은 미래에 대한 초조함이었다. 프로그램에 투입되지 않으면 언제 실직할지 모르는 신분, 특별한 기술 없이 그저 몸담은 회사에 희망을 걸고 시간을 보내고 있는 상황 등 불안한 요소들이 돈 뒤에 숨어 나의 마음을 가난하게 만들고 있었다.

가난이 무서운 건 그것이 물질적인 것으로 끝나는 게 아니라 정신력을 흔들고 삶에 대한 태도 전반을 움츠러들게 만들기 때문이다. 미래가 불안정하니 꿈을 갖기도, 경제적인 목표를 세우기도 어렵다. 제한된 선택지에서 모든 일을 가성비라는 기준으로 따지게 되고 결국 운신의 폭이 좁아진다. 나의 가난한 마음은 꽤 오랫동안 이어졌다. 결혼하고 나서 괜찮은 가격으로 집을 살 기회가 몇 번이나 있었는데 번번이 놓쳤다. '내 주제에 무슨'이라는 생각이 자리 잡고 있어서였다. 대출을 받아 집을 사자는 남편에게 무슨 일이 생기면 이자를 어떻게 감당하려고 그러냐며 나무랐고, 집값이 비싼 동네에 집을 구경하러 가자고 하면 우리 주제에 그 동네에 살아볼 일이 있겠냐며 괜히 마음만 상하니까 보러 가지도 말자고 했다.

나의 가난한 마음은 미래에 있을지도 모르는 기회를 스스로 박탈하고 마음의 문을 닫게 했다. 사람 일은 어떻게 될지 모른다는 사실을 간과한 채. 사람이 사는 데 돈이 꽤 큰 힘을 가지고 있다고 여겼으면서, 스스로가 천박해지는 기분에 막상 돈 이야기를 허심탄회하게 꺼내는 것을 불편해했다. 진짜 속내는, 돈으로 나의 인생을 평가하면 높은 점수를 받기 힘들 것이 분명한데 그 사실을 인정하기 싫었던 것이다. 그러면서도 돈에 대한 강박을 버리지 못했다.

이제는 돈에 대한 세상의 인식도 바뀌었다. 물질 만능주의가 지탄받던 예전과 달리 지금은 어릴 때부터 부모가 자녀에게 돈 공부를 시키고 권유하는 모습을 긍정적으로 여긴다. 돈에 대한 경험이 쌓이고 내 마음을 작아지게 만든 건 가난이 아닌 가난한 마음임을 깨닫게 되면서 나도 돈을 다르게 바라보게 되었다. 돈은 나를 지켜줄 힘이라고.

그러고 보면 취업준비생 시절, 넉넉하지 않았어도 꿈을 포기하지 않게 도와준 것은 돈이었다. 직장에 다닐 때, 하루에도 몇 번씩 관두고 싶은 적이 많았음에도 어떻게든 경력을 쌓고 일하게 해서 나를 성장시킨 것도 돈이다. 지나치게 얽매이지만 않는다면 돈은 삶의 원동력이 될 수 있음을 깨달았다. 그래서 앞으로 더 잘 살기 위해 이런 경제적인 목표를 세웠다.

'평일 낮에 단정하게 차려입고 백화점 최상층 빙수 가게에 방문해 친구들과 빙수를 먹는 할머니가 되는 것.'

속물 같아 보여도 많은 걸 내포하는 문장이다. 백화점에 입점한 빙수 가게에 걸어간다는 것은 백화점이 있는 지역에

거주한다는 걸 의미한다. 살고 싶은 곳에 살 수 있다는 뜻이다. 평일 낮에 예쁜 옷을 입고 친구들을 만난다는 건 경제적 자유를 이루어 더 이상 근로소득을 위해 일하지 않아도 될 시점이 온다는 뜻이다. 할머니인 나이에 빙수를 먹는다는 건 그때까지 차갑고 단 걸 먹을 수 있을 만큼 건강하다는 걸 말한다.

누구나 부자를 꿈꾼다. 부자를 목표로 달리는 것도 좋지만 그보다 중요한 건 내 마음의 자산을 쌓고자 하는 태도다. 좌절할 일이 있어도 절망하기보다 미래를 위한 땔감으로 삼기를 바란다.

내 습관이 보내는
SOS 신호

나는 '긴장의 끈을 놓지 않는다'라는 말을 좋아한다. 긴장이라는 끈 위에서 줄타기하는 것을 어느 정도 즐긴다. 나를 팽팽하게 당겨주는 긴장감은 하루하루를 균형 있게 돌아가도록 하니까. 내가 정체되지 않도록 최소한의 긴장감을 유지하게 하는 것이 있다면 그건 '루틴'이라고 생각한다. 매일 아침 일어나서 이를 닦고, 물을 한 잔 마시며 하루를 시작하고 제시간에 식사하며 운동하는 일련의 행위들이 일상을 지키게 한다.

이런 루틴이 무너지고 지지부진한 시간이 지속되면 나의 삶도 똑같이 다운되고 만다는 것을 여러 번 경험했다. 일상이 망가지고 있다는 것을 빨리 눈치채면 좋겠지만, 나쁜 습관은 가랑비에 옷 젖듯이 서서히 좋은 루틴을 밀어낸다. 루틴이 무너져 내 생활을 제대로 간수하지 못했던 때와 겨우회복했던 때를 수없이 반복한 나는, 몇 가지 습관을 틈틈이점검하면서 내가 어느 상황에 놓였는지 자각하려고 한다.

1. 식습관의 변화

가장 먼저 알아차리게 되는 습관은 비정상적으로 바뀌는식사 패턴이다. 평소에는 식사를 잘 챙기려고 노력하는 편인데, 일상에서 무언가가 틀어지면 영양소를 채우기 위해 밥을 먹는 게 아니라, 스트레스를 음식으로 해소하는 나를 발견한다. 건강보다 순간적인 쾌감을 느끼는 불량식품을 자주먹는다. 식사 시간도 불규칙하다. 우울함에 짓눌려서 스마트폰에 빠져 시간을 허비하다 보면 끼니를 제때 먹지 못하거나 혹은 몰아서 폭식하게 된다. 연쇄적인 영향으로 체중이늘고 소화불량이 오며 몸에도 무리가 가게 된다. 식습관은 생활 패턴과 거의 동시에 변화한다. 자극적인 식사와 게으른 생활에 익숙해지면 활력을 찾을 의지도 점점 사라진다. 먹는 것이 잘못되는 건 단순히 건강 문제를 불러일으킬 뿐만 아니라 정신적으로도 사람을 무력하게 한다.

2. 킬링타임용 콘텐츠 소비

루틴이 무너지면 소비하는 콘텐츠도 달라진다. 점점 무의미한 콘텐츠를 보는 시간이 늘어난다. 보고 싶었던 걸 정주행하는 것과는 다르다. 메시지가 있는 콘텐츠보다 스마트폰을 끄면 금세 잊어버릴 오락성 콘텐츠만 보게 된다. 집중하지도 않으면서 이미 본 드라마를 또 틀어놓거나 쇼츠나 릴스를 몇 시간 동안 보기만 하는 나를 자각하면 지금 무언가 잘못되었다는 사인으로 받아들인다.

3. '오늘만 살자'라는 마인드

긴장의 끈을 놓쳐버린 때에는 누가 주말 계획을 물어봐도 대답을 피하거나 대강 둘러대곤 했다. 당장 눈앞의 문제들도 해결하지 못하는데 주말까지 계획을 세워놓았을 리 만무

하니까. 누워서 TV나 스마트폰을 보는 것 외에 다른 건 하고 싶지도 않은 상태에 놓인 것이다. 주말 계획도 제대로 말하지 못하는데 그보다 더 크고 먼 미래를 생각하지 못하는 것은 당연하다. 미래가 부담스럽거나 회피하고 싶어진다.

4. 기분 부전

몇 년 전, 《죽고 싶지만 떡볶이는 먹고 싶어》라는 책이 화제를 모았다. 병적인 우울을 비롯해 번아웃을 겪거나 심리적으로 작은 불안함을 수시로 느끼곤 하는 현대인의 심정을 대변한 제목이라는 생각이 들었다. 즉각적으로 말초 신경을 자극하는 것에는 반응하지만, 그밖에 일에 대해서는 아무런 의욕 없이 가라앉는 기분 말이다.

앞서 말했듯 생활 패턴이 무너지면 몸과 마음의 리듬도 깨질 수밖에 없다. 망가진 리듬이 장기화되면 이래도 되나 싶은 걱정과 동시에 이를 이겨낼 수 없을 것 같다는 두려움이 생긴다. 별다른 원인이 없는 것 같은데 기분이 늘 가라앉고, 우울하고, 미래에 대한 불안함이 잦아진다면 이것 역시 위험한 신호다.

5. 연락 회피

무기력한 상황에서 나를 찾는 연락을 일부러 피하거나, 연락이 와도 한참 미루다가 늦게 대답한 경험이 한 번쯤 있을 것이다. 안부를 묻는 메시지에 답장하기 싫고, 만나기로 한 약속에 핑계를 대며 미루고, 점점 사람을 만나기 꺼려하는 행동은 나의 마음이 현재 지치고 약해졌다는 증거다. 내 안에 충분한 에너지가 없으니 주변에 나눌 에너지가 없는 것이다.

6. 반복되는 옷차림

일상을 영위할 힘이 줄어들면 나를 단장하는 일에도 소홀하게 된다. 꾸며야 된다는 이야기가 아니라 나를 돌보는 일에 관심이 떨어진다는 뜻이다. 집콕만 하거나 외출하더라도 집 앞에 나갈 때 입는 편한 옷만 입게 된다. 학교나 회사에 갈 때도 눈에 띄지 않는 어두운색 옷을 더욱 자주 입고 나를 꾸미는 것은 뒷전이 된다. 실제로 정신건강의학과를 찾는 사람들의 감정이 호전되는 것은 옷 색깔에서부터 드러난다고 한다. 심할 때는 어두운색 옷을 주로 입고, 얼굴과 몸을 최대한 가리는 차림을 하다가 상황이 호전될수록 밝은색의 옷차림을 입는 등의 변화가 있다고 한다.

7. 멈추게 되는 기록

기록을 자주 하는 나는 무기력할 때 기록을 하지 않게 된다. 하루하루를 무의미하게 똑같이 보내니 기록할 내용도 많지 않은 것이다. 자주 업로드하던 SNS 활동도 뜸하고 스케줄러나 일기장도 텅 비어있다. 무의식적으로 스스로 지금 무언가 잘못되고 있다는 것을 느끼기에, 그리 잘 살고 있지 않은 나의 모습을 남기기 싫은 마음에 기록이 줄어드는 것이다.

저마다 내 생활을 유지하게 하는 루틴이 있을 것이다. 내가 나답지 않다고 느끼는 몇 가지 포인트들을 인지하고 점검해보는 것은 내가 무너지지 않는 데 엄청난 도움이 된다. 대단한 루틴이 아니어도 된다. 매일 일어나서 물 한 잔을 꼭 마시던 사람이 점점 그 행위를 건너뛰게 된다면 내면의 변화가 일어난 것일 테니까. 이런 신호를 스스로 감지할 수 있다면 긍정적이다. 언제든 회복할 수 있다는 가능성도 있다는 것이기 때문에.

유튜브 〈말많은소녀〉 채널
이런 신호가 나타날 때가 기회입니다

인생 스킬 노트

⁂ 나에게 회복이 필요한지 알아보는 상태 체크 리스트 ⁂

⬮ 배달 음식을 주문하는 횟수가 늘었다.

⬮ 냉장고에 망가진 식자재들이 쌓였다.

⬮ 자주 지각한다.

⬮ 주변인에게 짜증이 늘었다.

⬮ 연락에 단답형으로 대답하거나 답장을 잘 안 한다.

⬮ 휴일에 외출하기가 귀찮아진다.

⬮ 세탁물이 늘어나 입을 옷이 없다.

⬮ 집이나 방이 점점 더러워진다.

⬮ 뜯지 않은 택배 박스가 쌓였다.

⬮ 봤던 콘텐츠를 또 보게 된다(새로운 것을 찾지 않는다).

⬮ 유튜브나 게임 등으로 온종일 스마트폰을 놓지 않는다.

※ 체크 리스트 중 동시에 일어나는 일이 3가지 이상 있다면 일상과 루틴이 흐트러지고 있다는 신호로 가늠해볼 수 있다. 악순환의 고리에 빠지지 않도록 더 늦기 전에, 다음 페이지를 읽으며 나의 루틴을 회복해 나가자.

나를 지키는
최소한의 루틴

일상이 무너졌을 때, 무기력한 삶을 원래대로 돌려놓으려면 어떻게 해야 할까? 이것저것 잴 거 없이 그냥 하면 된다는 것을 알지만 이미 지친 몸과 마음은 쉽게 따라주지 않는다. 무기력한 자신의 모습에 익숙해져 다시 시작할 수 있을지 불안한 마음이 들기 마련이다. 주변의 응원과 충고마저도 압박으로 느껴진다. 그러나 루틴이 깨질 때도 한 번에 깨진 게 아닌 것처럼, 좋은 습관을 만드는 것도 작은 일부터 시작해볼 수 있다. 슬럼프에 빠졌을 때 원래대로 돌아가기 위해 했던 행동들은 이랬다.

1. 집을 청소한다

방 청소든, 옷장 정리든, 책상 위를 치우든 내 마음을 가장 어지럽게 하는 것이 있다면 치운다. 밀린 메시지들의 읽지 않음 표시를 지우는 것도 도움이 된다. 처음부터 집 전체를 치우지 않아도 된다. 무리하게 해서 힘들어하는 것보다 작은 것부터 성취하자는 것이다. 하나하나 정리하다 보면 내가 얼마나 많은 걸 귀찮아했는지, 얼마나 많은 걸 손에 쥐고 살았는지 눈에 보일 것이다. 내가 관리할 수 있는 것들만 남기고 그것들을 정리하다 보면 눈으로 보이는 것만큼이나 내 마음도 정리되고 있음을 느낀다.

2. 한 발짝이라도 움직인다

평소 운동을 꾸준히 한 사람이든, 그렇지 않든 무력함이 나를 지배하면 가장 하기 싫은 것이 움직이는 것이다. 그렇지만 우울한 감정을 관장하는 뇌를 활성화할 수 있는 가장 좋은 방법 역시 운동이다. 아무리 하기 싫어도 조금만 움직이자는 마음으로 이를 악물고 일단 집 밖으로 나가면 어느새 한 발짝이라도 더 나갈 힘이 생긴다. 땀을 흠뻑 흘리는 운동을 하지 않아도 된다. 커피를 사러 카페까지 걷든가, 분리수거하러 잠시 나가는 것만으로도 충분하다. 다시 세상을 향해 움직이기 시작했다는 것이 중요하다.

3. 질 좋은 텍스트를 읽는다

글을 읽는 지성적인 행위는 이성의 스위치를 켜준다. 그동안 부정적인 감정에 불이 켜졌다면 이성의 불도 켜서 인지적, 심리적 밸런스를 맞추려 노력해보는 것이다. 울림을 주는 칼럼이나 평소 읽어야겠다고 생각했지만 귀찮아서 미뤘던 책을 읽는다. 내게 독서는 내 삶을 잘 살고 싶어 한다는 증거다. 자신의 삶을 포기하는 사람이 책을 읽는 일은 없기 때문이다.

4. 외모를 점검한다

기분을 전환하기 위해 미용실에 가거나 사고 싶었던 옷을 사는 게 도움이 될 때가 있다. 단정해진 나의 모습이 괜찮아

보이고, 생기 넘치던 예전의 내 모습이 떠오르며 돌아가고 싶은 마음이 들기도 한다. 타인과 비교할 필요 없이, 불과 얼마 전의 나 자신과 비교해보는 것이다. 지나친 외모지상주의는 잘못되었지만 자신에 대한 시각적인 만족은 사람의 기분에 꽤 많은 영향을 미친다는 생각이다. 내가 좋아하는 외모로 일하면 능률이 더 올라간다는 연구 결과도 있는 것처럼.

5. 시청하는 콘텐츠를 바꾼다

시간만 죽이는 콘텐츠만 소비했다면 장르를 바꿔본다. 열심히 살고 싶은 나는 열심히 살고 있는 사람들의 이야기로 자극받는다. 자신의 삶을 사랑하는 열정 넘치는 사람들을 보면 그 에너지가 화면 밖에서도 느껴진다. 내가 하는 생각과 말은 내가 평소에 읽고 보고 듣는 것에서 영향을 받는다. 긍정적인 것들을 받아들이다 보면 마치 좋은 음식을 먹은 것처럼 나의 내면 역시 긍정으로 채워지게 된다. 시청했다는 것만으로 만족하며 내 안의 변화를 만들지 못하면 그것 또한 킬링타임용 콘텐츠에 불과하다. 아무리 좋은 콘텐츠라도 너무 많은 시간을 할애하는 것보다 적당히 보며 동기부여 정도로 활용하는 것이 좋다.

작은 것부터 바꾸다 보면 깊은 우울의 늪으로 빠지는 일은 줄어들 것이다. 혼자서 하기 어렵다면 주변 사람들에게 알리며 함께 힘을 내도 좋다. 그보다 나의 상황이 심각하다 느낀다면 전문가를 만나는 것도 방법이다. 중요한 점은 내가 부정적으로 변화했을 때 그것을 인지하고 나아지려고 하는 자신의 의지다.

일상의 온오프
스위치를 만들어봐

어느 날부터인가 나는 휴일에도 온전히 쉬지 못하고 작은 죄책감을 가진 채 주말을 보냈다. 외출할 때도 마치지 못한 일 생각이 났고, 다음엔 어떤 일을 해야 할지 조바심을 끌어안은 채 불편하게 쉬었다. 나 같은 프리랜서는 규칙적인 휴가가 없기 때문에 더욱더 그랬다. 멀리 여행을 떠나는 것조차 가끔 사치로 느껴지기까지 했다.

어릴 때는 새로운 세계에 대한 호기심과 동경으로 기회

가 생기면 비행기를 타고 해외로 떠났다. 지금은 할 일이 많아지기도 했고 책임져야 할 사람들이 생기다 보니 혹여나 여행하는 동안 일이 틀어질까 봐 예전보다 여행을 자주 가지 않는다. 하지만 여행을 좋아하든 그렇지 않든, 사람은 현실에서 잠시 벗어나 머릿속을 환기해주는 시간이 꼭 필요하다고 생각한다. 나는 나를 색다른 환경으로 데려가 하루라도 쉬게 해줄 때 신기하게도 조금이나마 마음을 가라앉힐 수 있었으니까.

인생이 힘든 이유는 많다. 내 몫을 제대로 하지 못한다는 자괴감, 나만 뒤처지는 것 같은 조바심, 무리하게 나를 채찍질하느라 쌓인 피로, 미래에 대한 불안 등 닿을 것 같은데 닿지 못한 마음에서 비롯되는 고달픔이다. 살면서 이런 고단함을 겪을 때, 빠져나오려고 애쓰지만 쉽지 않아 하루하루 버티는 나를 발견할 때 몸이나마 벗어나자 싶어서 일상의 스위치를 끄고 어디론가 떠나곤 했다.

살다 보면 쉬어가야 할 때가 있는데 내 의지로 쉬지 않으면 타의로 쉬게 된다고 했던 친구의 말이 생각났다. 몸이 아파지든, 일에 문제가 생기든, 번아웃이 오든 누구나 쉼표를 찍는 시간이 반드시 찾아온다는 이야기였다.

"이효리를 봐. 제주도에 가서 활동을 쉬면서 자기의 색깔을 더했잖아. 그 시간 동안 원래 자기 모습이 얼마나 소중했는지도 깨달았다고 하고. 쉴 때 알아서 쉬니까 좋아 보이고 신선하게 느껴지잖아. 이효리가 쉬지 않았으면 지금까지 이렇게 환호받을 수 있었을까?"

현명한 사람들은 자신이 알아서 쉬는 시간을 만들어 그 시간에 충분히 마음을 가다듬고 새로이 나아갈 힘을 충전하며 미래에 대한 지도를 그린다는 것이다. 인기 연예인이라 휴식도 누릴 수 있다고 생각할지도 모르겠다. 내가 말하고 싶은 것은 일상에 쉼표를 찍는 게 필요하다는 것이다. 열심히 살며 배우는 것도 무궁무진하지만 멈춤에서 배우는 것도 존재하니까. 생업을 뒤로 하고 몇 년간 재충전의 시간을 갖기는 어려운 게 현실이니, 나는 종종 떠나보기로 했다.

이제는 더 이상 발급받을 수 없는 대한민국 초록색 여권. 유효 기간을 살펴보려고 여권을 들춰보는데 내가 살아온 삶이 보였다. 가장 많이 방문한 나라는 9년 동안 12번이나 다녀온 미국이다. 그중 9번은 출장이었다. 일은 많지만 일하는 사이사이에 끼워 넣은 작은 휴식들 덕에 나는 지치지 않을 수 있었다. 유효 기간이 얼마 남지 않은 여권을 보니 다시 쉼표를 찍어주고 싶어졌다. 오래 달리기 위해 속도를 늦추는 구간을 스스로 선물해야겠다.

누구나 멈추고 싶은 순간이 있다. 하지만 현실적으로 멈출 수 없는 이유가 멈춰야 하는 이유보다 더 많은 게 어른의 삶이다. 그래서 나는 제때 환기를 해주려고 한다. 잠시 교외에 나가 멋진 풍경을 눈에 담고, 좋아하는 작가의 생가에 다녀오고, 멋진 성당이나 교회에 가서 아무에게도 말할 수 없었던 내 마음을 고백하는 것만으로도 충분한 여행이다. 지쳐서 나가떨어질 때까지 나를 내버려두는 대신, 잠시 쉬고 다시 일상으로 돌아가 내 삶을 살아낼 수 있게 말이다.

잘될 수밖에 없는

씨앗 심기

행운은 준비된 사람에게 찾아온다.

매일을 그저 흘려보내면

눈앞에 기회가 온다고 해도

기회인 줄 모르고 지나치게 된다.

✦

내면의 변화를 일으키고

삶의 초석을 다질 씨앗을 심어보자.

단련된 태도와 기본기를 갖추면

결국 잘될 수밖에 없는

나 자신을 발견하게 될 것이다.

계속
공부하는 연습

나는 주기적으로 다양한 분야의 수업을 찾아 듣는다. 일종의 교양 수업과도 같다. 클래스를 신청하는 것뿐만 아니라 자격증도 취득한다. 예전엔 심리상담과 색채 심리상담, 인테리어와 관련된 클래스를 모두 찾아서 공부했고, 최근에는 퍼스널 컬러 관련 자격증을 땄다. 그리고 라이프 코치 전문가 과정을 심도 있게 공부하기 위해 준비 중이다. 유난스러운 상상일 수도 있지만 훗날 내가 유학할 기회가 있으면 어떤 분야를 공부하고, 어떤 자격증을 취득할지도 이미 생각해두었다.

　어릴 때부터 온갖 예체능과 학원을 섭렵했던 나는 가성비가 그리 좋지 않은 학생이었다. 배우는 걸 좋아하는 것 같은데 무엇 하나를 꾸준히 파는 법 없이 여러 가지에 욕심을 냈기 때문이었다. 부모님이 지원해줘야 할 것들은 늘어나지만 뚜렷하게 눈에 보이는 성과물은 없는 느낌이었다. 과거에 부모님이 혼란스러워했던 것처럼, 지금 나의 주변 사람들은 "그것까지 하려고?"라며 다소 맥락이 없는 나의 배움에 물음표를 던진다.

　나의 배움은 수단이 아닌 목적 그 자체이자 습관이다. 영화 〈시〉를 보면 주인공 미자 할머니는 난생처음 시를 배우며 그동안 스치고 살았던 것들의 아름다움을 발견한다. 내게 배움이란 그렇다. 배움을 통해 무심코 스쳐 갔던 것들에 대해 눈이 뜨이고 귀가 밝아진다. 머릿속이 활성화되는 느낌이 나에게는 일상을 잘 살아갈 힘이 된다.

아는 만큼 보인다는 말을 믿는다. 배웠던 악기 덕분에 좀 더 정교하게 음악을 감상할 수 있게 되었고, 한참 미술학원에 빠져 열심히 그림을 그렸던 기억 덕분에 미술관에 갔을 때 더욱 재밌게 그림을 감상할 수 있었다. 배운 만큼 세상을 더 풍성하게 받아들이게 되었다.

미래에 어떤 일이 닥칠지는 아무도 모른다. 20년 전 부모님께 "나는 컴퓨터 모니터 안에 나오는 사람이 될 거고, 사람들과 그걸로 소통할 거예요"라고 말했다면 부모님은 이해하지 못했을 것이다. 나조차도 이런 미래가 찾아올지 몰랐던 것처럼 말이다.

배움의 행위 자체가 나의 삶에 씨앗을 심는 것이다. 지금 자격증을 따서 새로운 일을 하는 게 아닐지라도 모든 건 언젠가 나에게로 돌아올 거라 믿는다. 무엇이 되어주지 않아도 상관없다. 당시 아무도 관심이 없었던 영상 편집 강의를 듣고 10년 후 유튜브를 시작할 때 써먹었던 일이라든지, 인테리어 강의를 듣고 나서 가구와 색감에 더 흥미를 느꼈다든지 하는 긍정적인 경험들이 쌓여 내 세계가 넓어졌기 때문이다. 배움은 꼭 당장 써먹지 않더라도, 내가 무언가를 시작할 때 주저하지 않을 용기를 준다. 나의 공부는 미래의 내 모습에 대한 마중물이다. 이제 나는 나를 소개하는 말에 이 고상한 취미를 끼워 넣기로 했다.

"저는 배움을 멈추지 않는 사람이고, 무엇이든 배울 수 있는 사람입니다."

가장 쉽게
식견을 넓히는 법

고등학교 때 양귀자의 소설 《모순》을 처음 읽었다. 수많은 명문장 중에서 주인공 안진진의 엄마가 말한 구절이 아직도 잊히지 않는다. '삶에 고비가 오거나 새로운 걸 알아야 하는 시점에서 늘 책을 꺼내들었다'라는 것. 그녀의 삶에는 구원자가 없었다. 그래서 늘 책에게 길을 물을 수밖에 없었던 것이다.

나는 어릴 때부터 나의 미래에 대한 세계관을 구체적으

로 그려보곤 했다. 어떤 집에서 살고 어떤 음식을 먹고 어떤 차를 타고 다니면서 어떤 하루를 보낼지 상상했는데 문제는 그렇게 살기 위해 무엇을 해야 하는지 잘 몰랐다. 당시엔 내가 꿈꾸는 삶을 실제로 사는 사람을 주변에선 찾아보기 힘들었다. 하지만 책 속에는 내가 바라던 삶이 조각조각 서려 있었다. 위인전 속 어떤 인물에게는 용기를 배우고, 소설 속 어떤 주인공에게는 성실함을 배우는 등 책은 나에게 있어서 꿈으로 달려가는 일종의 수단이었다.

어른이 되어서도 지식을 얻고 싶거나 미래가 막막해 잠이 안 올 때면 진진의 엄마처럼 책을 펼쳤다. 내가 원하는 답을 책 속에서 찾게 될 거라 믿으며. 인간관계에 지칠 때는 심리학 책을, 크리에이터로 일하며 결실을 맺고 싶을 때 기획 책을, 아이를 잘 키우고 싶을 때는 육아 책을, 마음이 따뜻한 사람이 되고 싶을 때는 차분한 에세이를 읽어왔다. 사람을 만나며 속마음을 털어놓고 조언을 듣기도 하지만 고민의 가장 좋은 해결책은 늘 책에서 나왔다.

자존감이 떨어지고 삶의 방향성을 잃었다고 느꼈던 시기에는 사실 읽은 책이 거의 없다. 책 한 권, 문장 한 줄 읽을 여유가 없다는 것은 현실에 치여 나 자신을 돌보지 못하고 있다는 뜻이었다. 제대로 된 인풋 없이 스스로를 소비하기만 하며 갉아먹고 있었다는 것이다. 그래서 힘든 순간이 오면 빠져나간 아웃풋만큼 인풋을 채워주려고 한다.

저자가 되어보니 책에 더욱 애정이 생겼다. 긴 호흡의 글을 쓰며 생각의 틀이 갖춰지게 되니까 나라는 사람이 한 단계 더 발전하는 것 같았다. 또 직접 써보고 나서야 깨닫게 되었다. 작가는 책 한 권을 쓰기 위해 자신이 가진 모든 에너지를 다 쏟는다는 것을. 이 귀한 경험을 통해 어떤 책이 내게 더 좋은지, 어떻게 읽어야 이 책을 제대로 소화할 수 있을지 잘 알게 되었다.

콘텐츠가 넘쳐나는 시대다. 책을 읽는 인구는 점점 줄어들고, 긴 영상조차 버거워하며 숏폼을 시청하는 사람들이 많아지지만 그럼에도 누군가는 나처럼 책을 계속 읽는다.

나는 책을 읽을 때 지식을 습득하기도 하지만 나에게 적용하며 삶의 동기를 얻기도 한다. 와인 책을 읽어도 포도 농장을 일구는 사람들의 이야기에서 결국 인생을 배우게 되니까. 이런 게 독서의 묘미가 아닐까? 독서는 가장 저렴하게 타인의 세계에 들어갈 효율적인 방법이라고 감히 말해본다. 만나기 어려운 사람들의 인생 액기스를 책을 통해 읽으면서 식견을 넓힐 수 있으므로. 나는 매번 책에서 답을 찾고 인생을 공부했다. 내가 찾던 문장을 마주하며 머릿속을 부유하기만 했던 생각에 형광등이 반짝 켜졌다. 상투적이지만 책이 있었기에 외로웠던 실패의 순간들을 이겨낼 수 있었다.

인생 스킬 노트

✤ 이럴 땐 이런 책, 상황별 읽으면 좋을 책 추천 ✤

☑ 멘탈을 단단히 하고 싶을 때

《월든》(헨리 데이비드 소로, 민음사)

《자기 신뢰》(랄프 왈도 에머슨, 현대지성)

《나와 잘 지내고 있나요?》(최진주, 아르테)

☑ 새로운 다짐을 하고 싶을 때

《아비투스》(도리스 메르틴, 다산초당)

《파서블》(김익한, 인플루엔셜)

☑ 관계와 현실에 지쳤을 때

《내가 혼자 여행하는 이유》(카르틴 지타, 걷는나무)

☑ 마음의 양식을 쌓고 싶을 때

《길에서 어렴풋이 꿈을 꾸다》(이동진, 위즈덤하우스)

《서랍에서 꺼낸 미술관》(이소영, 창비)

《일하는 예술가들》(강석경, 열화당)

다시 만나고 싶은
사람이 되세요

우리는 살면서 다양한 사람을 만난다. 사람에 상처받고 내가 상처를 주기도 한다. 겪어도 쉽지 않은 게 대인관계이지만 그 속에서 또 보고 싶고, 다음에도 같이 일하고 싶은 사람들은 존재하기 마련이다. 나는 그런 사람들을 완벽한 인간상이라고 느끼는데, 그들은 훌륭한 매너와 센스로 주변인을 끌어모은다. 연락할 때 주고받는 메시지조차 남다르다. 소위 진상과 빌런 때문에 힘들 때 이런 사람들을 만나면 좋은 자극을 받는다. 나도 그들처럼 멋진 사람이 되고 싶어진다. 관계도 배움의 영역이라고 생각하는 나는 멋진 사람들을 만날 때마다 그들의 장점을 배우고 흡수하려고 한다. 그들에겐 공통점이 있었는데, 이것만 마음에 새긴다면 나도 누군가에게 '또 만나고 싶은 사람'이 될 것이다.

1. 사소한 만남도 준비한다

어느 모임에 나간 적이 있었다. 주최자분이 인원수대로 준비한 카드를 내밀며 한 장씩 골라보라고 했다. 카드를 고르자 그 카드에 맞는 책을 한 권씩 선물해주었다. 단순한 식사 자리라고 생각하고 가벼운 마음으로 나갔는데 이런 이벤트를 준비하다니. 우리의 시간을 위해 미리 기획하고 준비한 정성에 감사했다.

이들은 어떤 만남도 허투루 흘려보내지 않는다. 만남을 위해 시간을 내준 사람들을 위해 작은 이벤트나 선물을 준비하기도 하고, 딱 어울리는 장소를 예약해두는 등 주어진 시간에 최선을 다한다. 그 덕분에 만남은 감동으로 시작되어 활기가 넘친다. 철저한 준비성으로 관계가 더 수월하게 풀리게 되는 것이다.

2. 불호보다 '호' 화법을 추구한다

냉철한 현실 감각은 살면서 필요한 요소다. 그러나 어두운 면에만 매몰되어 대화를 이어가다 보면 적극적으로 해결하는 방법보다는 방어적인 태도가 되기 쉽다. 긍정적인 면을 볼 줄 아는 사람들은 이렇게 이야기한다.

"요즘 그 플랫폼 망했다던데."
"젊은 층에서는 이용률이 떨어졌는데 오히려 중장년층 이용률은 늘었더라."

"그 영화 재미없고 뻔한 내용이야."
"그런데 거기 나오는 배우들은 연기를 정말 잘하더라."

듣기 좋은 말만 한다는 뜻이 아니다. 뭐든 긍정적인 면과 부정적인 면이 있기 마련인데, **누구나 알고 있을 부정적인 면을 '굳이' 언급하지 않는다. 그 덕에 대화는 항상 '되는' 방향으로 흘러간다.**

3. 아는 것이 많다

항상 자기계발을 하거나 무언가를 공부하고 있다. 또한 사회 이슈와 트렌드에 밝기 때문에 이야기가 끊이지 않게 대화를 잘 이끌어가는 것은 물론, 상대방의 관심사에 맞장구를 쳐줄 수 있는 지식도 갖추고 있어 어떤 사람과의 대화도 어려워하지 않는다. 일명 제너럴리스트인 것이다. 모든 분야를 꿰뚫고 있어야 한다는 건 아니지만, 보편적인 상식과 지식을 갖춘 사람과 대화하면 알찬 시간을 보내고 있다는 느낌이 든다.

4. 따뜻하면서도 분명한 선이 있다

한 기업의 상무님과 미팅을 한 날이었다. 일을 주도하는 결정권자의 모습뿐 아니라 함께 일하는 사람들의 입장을 헤아리고 모두 참여할 수 있도록 대화를 분배하는 태도에 감탄했다. 여러 직급의 사람들이 참여하는 회의라면 주로 대화를 나눌 사람과 그렇지 않은 사람이 나뉘는 게 자연스러운 문화라고 생각했던 나에게 그의 배려는 신선한 충격이었다.

업무적으로 만난 사이라도 목적 지향적인 태도로 일관하

기보다는 좀 더 따뜻하게 사람들을 대하는 사람들에겐 호감이 생길 수밖에 없다. 일을 잘하는 것만으로 한 번은 함께할 수 있지만 사람에 대해 좋은 인상이 남았다면 그다음으로 이어지는 게 인지상정이니까.

5. 다음을 늘 생각한다

다시는 안 볼 사이라고 여기며 여과 없이 감정을 드러내거나 예의를 지키지 않는 것은 인간관계의 하수다. 나는 회사에 다닐 때 내게 무례한 사람에게 똑같이 돌려준적이 있었는데 지금까지 후회하고 있다. 몇 다리 건너면 다 알게 된다고 하는 것처럼 세상은 의외로 좁다. 특히 일적으로 관계를 맺게 된 사람들은 더 조심할 필요가 있다. 웬만해선 업계를 잘 떠나지 않기 때문에. 대인관계에 유연한 사람들은 당장 상대방에게 화가 나는 일이 있더라도 감정적으로 대응하지 않는다. 언젠가 다시 만날 거라는 듯 '좋게 좋게' 마인드로 해결하여 다음을 기약한다. 다시 만나지 않더라도 이는 평판으로 돌아온다. 적마저 자신을 미워할 수 없게 행동했기 때문이다.

6. 자기 일에 애착이 있다

자기 일을 즐기는 사람을 보면 나도 덩달아 잘 살고 싶어지는 마음이 든다. 일로 만난 사이가 아니어도 그렇다. 프랑스 정신분석학자 자크 라캉은 "인간은 타인의 욕망을 욕망한다"라고 말했다. 자기 일을 대하는 태도에서 열정과 진심이 뿜어져 나온다면, 그 마음은 주변 사람들에게도 전파된다. 그와 걸맞은 사람이 되고 싶은 자극을 받거나 같이 일하는 사이라면 결국 좋은 성과를 낼 확률 또한 높아진다. 누구도 하찮은 마음으로 살고 싶어 하는 사람은 없으니까.

단단한 멘탈은
이렇게 만들어진다

어떻게 그런 에너지가 나올까 싶을 정도로 모든 일에 100% 진심을 다하고 밝은 모습으로 살아가는 사람들이 있다. 사람을 만날 때도, 일할 때도 처지지 않고 한결같다. 나의 지인 Y도 그랬다. 만나는 순간부터 헤어질 때까지 텐션이 높고(수다스럽다는 것이 아니다) 명랑한 힘이 있다. 옆에 있는 나도 덩달아 기운이 샘솟을 만큼.

일이 몰리며 자주 피곤하던 시기에 나는 힘들다는 말을

입에 달고 살았다. 부족한 체력을 핑계로 단 음식을 자주 먹
으며 몸을 더 혹사했다. 컨디션이 올라올 기미가 보이지 않
으니 조금만 기분 나쁜 일이 생겨도 힘이 빠지고 의욕이 떨
어졌다. 그런 상황에서, 도무지 지치는 법을 모르는 듯한 Y의
태도는 신기했다. 불쾌한 일도 대수롭지 않게 툭툭 털어내
는 모습에 어떻게 그런 에너지가 늘 가득할 수 있는지 물었
더니 그녀는 씩 웃으며 내 허벅지를 꼬집었다.

"언니, 숨이 차도록 뛰어본 지 오래됐죠?"
Y의 손에 잡힌, 근육이 하나도 없는 나의 다리가 보였다.

"저는 짜증이 잘 안 나요. 웬만해선 몸이 힘들지 않으니까
무엇이든 수월하게 느껴져요."

러닝으로 다져진 Y의 다부진 몸이 모든 것을 말하고 있었
다. 사실 나는 높은 텐션을 유지하는 데에는 마인드컨트롤
이랄지 남들과 다른 특별한 비결이 숨어있을 거라고 생각했
다. 물론 성격도 작용했겠지만 그녀의 말에 의하면 자신의

긍정적인 모습과 집중력, 자신감은 모두 체력이 뒷받침되었기 때문에 가능한 것이었다. 건강한 몸에서 건강한 마음이 비롯된다는 아주 단순한 말이 진리라는 것을 다시금 느끼게 된 순간이었다.

마음이 몸에 영향을 미치기도 하지만, 몸이 마음에 주는 영향은 우리의 생각보다 어마어마하다. 체력이 길러지는 것뿐만 아니라 신체활동이 인간의 뇌, 나아가 삶에 미치는 영향은 절대적이라는 근거는 많다. 정신과 의사이자 정신분석가인 노먼 도이지는 저서 《스스로 치유하는 뇌》에서, 마음은 뇌의 기능을 프로그래밍하고 뇌는 운동 기능 없이는 생각할 수 없다고 했다. 그 밖에 다수의 뇌 과학 책들을 읽고 몸과 머리 그리고 마음은 하나로 연결되어있음에 더욱 확신을 가지게 되었다.

체력이 떨어져 돌이킬 수 없을 때까지 나를 방치하지 말고, 더 늦기 전에 나에게 맞는 운동을 찾기로 했다. 컨디션을 최상으로 끌어올리고 마음의 상태를 안정적으로 유지하며 살고 싶었다. 매일 하지 못하더라도 운동을 지속할 수 있게 환경을 설정해두고 지금도 꾸준히 운동하고 있다. 기대했던 것처럼 몸이 극적으로 좋아지지는 않았지만 이상하게도 마음이 평온해졌다.

머릿속이 복잡해질 때면 주변 공원에 가서 걷기 운동을 하니 잡념이 줄어들었다. 몸을 움직이는 데 집중하고 뇌에 휴식을 주기 때문에 마음에 앙금이 남는 일이 사라지고 평정심이 그 자리를 채웠다. 또, 우울은 수용성이라고 했던가. 의욕이 저하될 때는 수영만 한 것이 없다. 물을 가르고 온몸을 사용해 앞으로 나아가다 보면 운동을 마칠 때쯤에는 나를 짓누르는 부정적인 감정이 씻겨 내려간다. 그리고 일주일에 한 번씩 자이로토닉(필라테스와 비슷하며 전신의 움직임을 바르게 해주는 운동) 수업을 받으면서 어긋났던 나의 마음도 바르게 교정하는 시간을 갖는다.

머리를 쓸 때는 몸이 쉬는 것처럼, 반대로 몸을 쓰며 머릿속에 쉬는 시간을 부여하면 하던 일도 더 효율적으로 잘되곤 했다. 일이 잘되니 꼬리에 꼬리를 물어 다른 기회들이 찾아오기도 했다. 체력과 마음의 근력을 기른다는 것은 달콤한 열매를 맺을 씨앗을 심는 것과 같다. 나처럼 꼭 여러 운동을 하지 않아도 된다. 나는 좋아하는 운동을 찾는 데까지 시간이 걸렸지만, 운동에 재미를 붙이게 되니 내 안에 든든한 아군이 생긴 것 같다. 그저 몸을 움직이길 선택했을 뿐인데 말이다. 달라진 마음가짐과 함께 나의 일상도 변화함을 느끼고 있다. '체력이 있어야 흔들리지 않고 무엇이든 할 수 있다.' 이 말은 내게도 불변의 진리가 되었다.

인생을 바꾸는
말 한마디

전문가 수준으로 말을 잘할 필요는 없지만, 내 생각을 조리
있게 말할 줄 안다는 것은 큰 재능이다. 말 한마디로 인생이
바뀌기도 하니까. 나는 말을 잘하는 편이라고 생각한다. 평
소에 생각이 많아서 어떤 주제에 대해 물어봐도 잘 대답하
거나 적어도 대강 둘러댈 수는 있으니까. 넘치는 유머로 남
을 웃기거나 알래스카에서 선풍기를 팔 정도의 실력은 아니
더라도 일상에서 불편함은 없다. 게다가 말하는 일을 직업
으로 삼다 보니 발성, 발음, 전달력 등 기술적으로 말을 잘

하는 법도 터득하게 되었다. 나는 설득력 있게 말하기 위해서 이렇게 노력했다.

1. 요점만 말하기

대화 도중 "그래서 하고 싶은 이야기가 뭐야?"라는 반응이 있다면 상대방의 집중력이 흐려졌다는 뜻이다. 대화할 때 물 흘러가듯 편안하게 듣는 사람도 있지만, 핵심을 먼저 들으려는 사람들도 있다. 친구들 사이에서가 아닌 직장에선 더욱 그렇다.

흐름이 매끄럽지 않은 글을 읽기 힘든 것처럼 말도 마찬가지다. 주제 없이 생각나는 대로 말하면 집중력이 떨어지고 대화에 피로를 느끼게 된다. 어쩌면 '이 사람과 말이 잘 통하지 않는다, 들어주기 힘들다'라는 생각마저 들게 한다.

이야기꾼들은 이 소재, 저 소재를 마구 가져와서 흥미롭게 이야기를 구성하지만 대부분의 사람은 그렇지 않다. 나는 말을 잘하려면 두괄식으로 결론 먼저 이야기하기를 권한다. 논리적으로 말할 자신이 없다면, 주제부터 이야기하는 것이 좋다. 청자의 집중도도 높이고 나도 주제를 벗어나지 않고 일관적으로 말할 수 있게 된다.

2. 1분 스피치 연습

발표나 다른 사람 앞에서 말할 자리가 많다면 1분 스피치 연습을 추천한다. 나서기를 좋아하지 않는 사람이라도 소감이나 축하, 인사 등 말할 자리는 분명 생긴다. 이럴 때 어영부영 넘어가면 나 자신도, 듣는 사람도 아쉽다. 좋은 인상을 남길 수 있는 1분 스피치를 연습해두면 언젠가 도움이 된다.

1분 스피치의 중요성을 깨달은 건 신입 아나운서로 훈련받을 때였다. 분야를 막론한 주제들을 아무렇게나 던진 다음, 1분 동안 개연성 있게 말하는 연습을 수없이 했다. 대본만 잘 숙지하면 된다고 생각해서 힘들기만 했는데 웬걸, 이것만큼 도움 되는 게 없었다. 돌발 상황에 대처하고 애드리브로 방송의 분위기를 살려야 할 때가 많았다. 순발력과 센스를 키울 수 있어서 말하는 직업을 가진 사람이 아니어도 이 방법을 활용하면 한 끗 다른 나만의 화술을 얻게 될 수 있다.

3. 발음이 좋게 들리는 치트키

발음이 새는 건 보통 자음 발음이 제대로 되지 않는 경우다. 부정교합 등의 이유로 특정 발음이 샌다면 안타깝게도 고칠 방법이 많지는 않다. 하지만 아주 고치기는 어려워도 보완할 수는 있다. 바로 발성, 모음 발음, 받침 발음을 통해서다. 발성이 좋으면 뚜렷하게 들리는 효과가 있어 발음이 완벽하지 않아도 많이 보완된다. 그리고 사람들은 생각보다 모음과 받침을 똑바로 발음하지 않는다. 특히 조사는 흐리게 말할 때가 많은데 'ㅑ, ㅕ, ㅛ, ㅠ' 등 이중 모음과 받침만 분명하게 하면 또박또박 말하는 것처럼 들린다.

4. 올바른 단어 선택

'미워할 수 없는 헛똑똑이'라는 말을 들은 적이 있다. 맥락상 나를 칭찬하는 말이었다. 깍쟁이 같아 보이는데, 정이 많고 솔직해서 미워할 수 없고 은근히 빈틈이 있어 인간적이라는 뜻으로 한 말이었으니까. 하지만 이 말을 들은 다른 사람들은 반응이 달랐다. '아무리 좋은 뜻이라고 해도 헛똑똑이라니, 그리고 미워할 수 없다는 것은 이미 미워하고 싶었다는 말 아닌가'라고 받아들인 것이다. 말이 아 다르고 어 다르다는 것은 이럴 때 쓰는 표현일 테다. 문맥을 걷어내고 보면 처음의 뜻이 퇴색되어 부정적인 것처럼 느껴지니까.

그래서 나는 칭찬을 건넬 때 좋은 표현으로만 말하려고 한다. 특히 말이라는 것은 화자의 말투가 입혀져 새롭게 들리기도 하기 때문에 단어 선택에 주의하려고 한다.

사실 나도 말을 매번 잘하진 않는다. 만만해보이고 싶지 않아서 과격하게 말하기도 하고, 나의 불편함을 상대방이 알아줬으면 싶어서 더욱 과장되게 말할 때도 있다. 나약한 나의 내면을 감추기 위해 그랬다. 그러나 한 번 내뱉은 말은 다시 주워 담을 수 없는 법. 중요한 것은 나의 의견을 얼마나 분명하게 말할 수 있는지다. 그래서 늘 마음을 온전히 전달하기 위해 노력한다.

시간을 내 것으로
만들고 싶다면

내가 어떻게 사는지를 지켜본 사람들은 종종 허비하는 시간 없이 하루를 알차게 사는 비결이 무엇인지 묻는다. 유튜브 채널을 2개 운영하고, 강연과 출장 등 얼굴을 비추는 일도 많은 데다가 운동도 하고, 책도 쓰고, 아기도 키우면서, 유행하는 드라마나 웹툰도 섭렵하며 콘텐츠 흐름까지 따라가는 나를 보고 도대체 하루가 어떻게 흘러가는지 궁금해하는 것이다. 바쁘게 사는 것은 맞지만 나의 일과는 단순한 편이다. 조금 다른 점이 있다면 순서를 지키는 것이다.

[일과]

06:00 기상, 스마트폰을 열어 밀린 알림 확인 및 독서 시작

07:30 아이 케어

08:00 산책

09:00 아이 등원

09:30 메일 체크 등 근무 준비

10:00 운동

11:00 근무 시작 (촬영)

18:00 근무 종료. 저녁 식사 및 아이 케어

20:30 아이 재우고 일과 정리

21:00 글쓰기, 독서, 영화 보기 등 취미 생활

22:00 취침

[운동 및 활동]

월요일 자이로토닉

화요일 자유

수요일 수영

목요일 자이로토닉

금요일 수영

토요일 모임 (주로 홈 파티)

당연히 처음부터 이렇게 살지 않았다. 예전에는 시간을 물 쓰듯 흘려보내기 일쑤였다. 자연스럽게 일은 밀리고, 밀린 일을 쳐내긴 하지만 내게 남는 것 없이 바쁘기만 했다. 그러다 어느 날부터 나를 둘러싼 환경이 변화하고 내게 주어진 역할들이 점차 늘어나며 계획적으로 시간을 보내야겠다고 느꼈다. 일만 하면서 하루를 보낼 수도 없고, 아이만 돌보며 하루를 보낼 수도 없었다. 하고 싶은 일을 효율적으로 하기 위해 필수였던 것이 시간 쪼개기였다.

　우리는 24시간을 하루라고 생각한다. 그러나 어느 영상에서 말하기를 시간 관리를 잘하는 사람들은 하루를 24시간 한 덩어리로 여기지 않고 삼등분으로 생각한다고 했다. 오전, 오후, 그리고 저녁 시간 이렇게. 오전에는 집중적으로 일하고, 오후에는 사람들을 만나고, 저녁에는 나를 위한 자기계발 시간으로 사용한다는 것이다.
　하고 싶고 해야 할 일은 많지만 시간은 한정되어있으니 내게도 가능한 방법인지 적용해보았다. To-do 리스트처럼 할 일을 쭉 적고 오전 하루를 잘 보냈는지, 오후 하루를 잘 보냈는지, 저녁 하루를 잘 보냈는지 살펴보았다. 그리고 비슷한 패턴에 따라 계획을 세웠다. 아침에는 산책, 운동을 일정에 포함시켜 하루를 잘 보내기 위한 워밍업의 시간으로 짰고, 오후에는 업무에 집중하는 시간으로, 저녁에는 가족과 함께 보내고 나를 채우는 시간으로 구성했다. 그렇게 하다 보니 루틴이 되어 24시간을 알차게 쓰는 사람이 되었다.

나의 하루를 들여다보면 그리 거창하지 않다. 다만 규칙적일 뿐이다. 더욱이 나처럼 자유롭게 일하는 사람이 많은 일정을 소화하려면 마구잡이로 살아서는 곤란하다. 매일 다른 일을 하는데, 시간까지 혼란스러우면 루틴을 만들기가 어렵기 때문이다. 그래서 특별한 약속이나 모임이 없는 이상 그날의 일과를 짜서 똑같은 하루를 살려고 한다.

하루 계획을 세우고 나서 변화한 점은 첫 번째, 버리는 시간이 없다. 분 단위로 촘촘하게 계획을 세우지 않아도 오전, 오후에 해야 할 일이 정해져있기 때문에 쓸데없이 낭비하는 시간이 줄었다. 무계획적으로 하루를 맞이하면 스마트폰만

보다가 몇 시간씩 훌쩍 흘려보내는 건 일도 아니라는 걸 우리는 경험을 통해 이미 잘 알고 있다.

  두 번째, 컨디션 조절이 용이하다. 나만 건사하면 될 때는 컨디션이 나쁜 날에는 쉬기도 하고 일을 미루기도 했다. 하지만 지금은 내 몸 상태가 좋든, 나쁘든, 내 기분이 어떻든지 처리해야 하는 업무가 있고 돌봐야 하는 아이가 있기 때문에 체력을 유지하는 게 필수가 되었다. 하루하루가 들쭉날쭉하지 않고 평이하게 비슷하면 하루에 쓰는 체력도 비슷해진다. 그래서 컨디션을 조절해서 늘 최상의 상태로 몸을 유지할 수 있게 된다.

  세 번째, 꾸준한 장기 계획이 가능하다. 규칙성과 꾸준함은 동시에 이뤄진다. 예를 들어 수영을 한다고 가정했을 때, 하루 중 아무 때나 하기로 계획을 짜면 변수가 너무 많이 생긴다. 갑자기 일이 늦게 끝날 수도 있고, 미팅이 잡힐 수도 있다. 그런데 시간을 정해두면 제시간에 할 수 있도록 몸과 마음이 세팅된다. 다른 일정에 방해받지 않고 계속 할 수 있다는 점. 그렇게 꾸준함까지 얻었다. 운동 종목을 바꿀 경우, 그 시간에 대체하면 되기 때문에 이미 형성된 좋은 습관은 웬만해선 바뀌지 않는다.

날마다 비슷한 일상을 보내는 것뿐 아니라 매주 스케줄도 비슷하다. 요일마다 하는 일들을 정해두기 때문이다. 수영장이 휴관하는 날에는 다른 운동을 하고, 특별히 시간 내서 하고 싶은 일을 하는 요일을 정한다. 사람들을 만나야 할 일이 많으므로 일주일 중 이틀은 자유시간을 만든다. 그럼 그때 약속을 잡거나 혹은 끝내지 못한 일을 하거나 쉴 수 있다. 규칙을 기본으로 지키되 자율성을 두는 것이다.

글로 정리하니 빡빡해보이지만 생각보다 여유롭다. 정해진 악보를 보며 피아노를 치는 게 프리스타일로 연주하는 것보다 아름답지 않다고 할 수 없듯이, 나의 하루도 그러하다. 허비하는 시간이 없고 그 안에서 자율적으로 움직이며 예전보다 해낼 수 있는 일이 더 많아졌다. 게다가 하루의 끝에 '오늘도 알차게 살아냈구나' 하는 보람마저 느낀다.

일을 많이 하는 게 꼭 잘산다는 증거는 아니다. **갓생과 과로는 다르다. 갓생은 자기 시간을 통제할 수 있다. 그러나 과로는 시간과 일에 끌려다닌다.** 내가 잘사는 것처럼 보인다면, 비결은 계획적으로 살면서도 무리하지 않는 것이다. 그러니 당신도 하루를 어떻게 보낼 것인지 고민하며 자신만의 속도로 시간을 관리하길 바란다.

Tom Bilyeu
24시간을 3등분하는 방법

인생 스킬 노트

‡ 24시간을 알차게 보내기 위한 To-do list ‡

_____   _____

한정된 시간을 흘려보낼 것인가, 내 것으로 만들 것인가? 앞서 설명한 것처럼 24시간을 삼등분하여 어떤 일을 할 것인지, 그 일로 어떤 결과를 기대하는지 적어보자.

· 아침

시간	할 일	기대하는 효과 (꼭 채우지 않아도 된다)
ex) 06:30	기상 및 물 한 잔 섭취	가벼운 루틴부터 이뤄나가며 성취감 느끼기

· 점심

시간	할 일	기대하는 효과 (꼭 채우지 않아도 된다)

· 저녁

시간	할 일	기대하는 효과 (꼭 채우지 않아도 된다)

머릿속 배터리를
충전하는 법

학교 다닐 때 형형색색의 필기구를 모으고 노트 정리에 열
중한 학생, 그게 나였다. 공부도 신경 썼지만 공부방에 앉아
종이와 필기구를 만지작거리는 걸 더 좋아했다. 그렇게 어릴
때부터 다이어리를 꾸미고 내 생각을 조금씩 끄적끄적했던
기록 놀이가 이제는 취미가 되었다. 디지털이 익숙해지고 태
블릿 PC가 출시된 후에는 아이패드가 나의 노트가 되었다.
유료 서식도 구입해 전자 다꾸(다이어리 꾸미기)에 푹 빠지기
도 했다. 길게 쓰고 싶은 글은 블로그에 남겼다. 기록은 나에

게 너무나 자연스러운 일이었다.

요즘은 기록하는 사람들을 위해 기본적인 다이어리 앱부터 감정을 위주로 쓰는 감정 일기 앱, 시간대별로 사진을 남길 수 있는 앱 등 수많은 앱이 출시되어 자신의 목적과 스타일에 따라 기록할 수 있다. 꼭 기록 전용 앱이 아니더라도 이미 많은 사람이 인스타그램, 페이스북 등 SNS에 기록을 남기고 실시간으로 공유하며 기록하고 있지 않은가. 동영상을 촬영해 브이로그라는 이름으로 영상 일기까지 남기는 세상이다.

매번 꼼꼼히 쓰지 못할 때도 있지만 내가 방법을 가리지 않고 기록을 계속 이어 나가는 이유는 나에 대한 탐구 정신 때문이다. 쓰기만 해도 인풋이 채워졌다. 단지 나를 더 알고 싶은 관심, 오늘보다 내일 더 잘 살기 위한 노력. 여기에서 출발했을 뿐이었다. 나는 항상 나의 상태를 알고 싶었다. 기분이 좋을 때는 왜 기분이 좋은지, 무엇이 나를 행복하게 만드는지 알고 싶고 기분이 나쁠 때는 어떤 문제가 나를 괴롭히는지 알고 싶었다. 이런 감정들을 정리하고 나면 생각이 풍성해졌다.

머릿속에 떠도는 생각만으로는 명확하게 나를 파악하기 어렵다. 흘러가는 생각을 잡아두려면 말로 옮겨보는 작업, 기록을 해봐야 한다.

가벼운 취미생활로 시작했는데 예상치 못하게 기록의 장점을 발견했다. 자존감을 깎아내리는 내 안의 고정관념을 깰 수 있다는 것이었다. 논리적으로 정리가 잘 되지 않던 생각들을 글로 쓰며 다시 읽어보면, 내가 가진 잘못된 생각들이 선명히 보였다. 예를 들어, 누군가에게 얼굴 한 번 보자고 자주 연락하면 상대방이 나에게 질릴 거라는 고정관념이 있었는데 막상 돌이켜 보면 연락을 자주해서 누군가 나에게 상처를 준 기억은 없었다. 그렇게 일기를 쓰며, 일어나지도 않은 일을 지레짐작하며 스스로를 위축시켰던 태도를 하나둘 깨부수고 있다.

기록은 나에게 더없이 솔직해질 수 있다. 나는 다른 사람과 대화할 때 최대한 타당한 말을 하려고 노력하고, 무의식적으로 나를 포장할 때가 종종 있다. 하지만 오로지 나만 보는 기록에는 그런 노력이 필요하지 않다. 아무도 모르는 내밀한 생각을 의식의 흐름대로 노트에 써내려가면 어지러운 마음이 비워지고 알짜배기만 남는다. 기록을 했을 뿐인데 나조차 알지 못했던 나의 속내를 깨닫게 되어 감정 정리에도 도움이 된다. 한 권을 다 쓰고 새 다이어리를 펼치면 과거의 나쁜 일은 뒤로 하고 새로 시작하자고 다짐하게 되어 리프레시되는 효과도 느낄 수 있다. 만약 혼자 쓰는 일기도 다른 사람이 볼까 봐 의식하며 쓰게 된다면 디지털 플랫폼을 이용하는 것도 방법이다. 직접 손으로 쓰는 감성은 떨어지지만 블로그의 비공개 기능, 앱 비밀번호 설정 등 나만 볼 수 있는 일기장을 만들면 된다.

나는 그렇게 기록을 통해 나에 대해 가장 잘 아는 사람이 되었다. 내가 적은 글들은 나의 역사로 쌓이고, 명료하게 정리된 생각이 삶의 이정표가 되어 현실에서 나에게 벌어지는 일들을 제대로 마주할 수 있도록 했다. 남의 의견에 휩쓸리는 일도 줄어들었다. 나에 대한 건 내가 잘 알기 때문에 굳이 타인의 이해나 동의가 필요하지 않은 것이다. 정서적으로 점점 독립할 수 있는 비결은 바로 이런 기록에서 나온 게 아닐까.

기록은 나를 단련시켜주기도 하지만 유튜브 작업을 위한 아이디어, 책을 쓰기 위한 글감 수집에도 도움을 주었다. 그때그때 떠오르는 영감과 성찰을 흘려보내지 않고 짬짬이 기록해두니 콘텐츠로 발전시킬 수 있는 소재가 되었다. 삶의 방향을 구체화해주는 인풋뿐만 아니라 내 방식대로 소화해 아웃풋으로도 기록을 활용했다.

기록은 나의 말에 더욱 귀를 기울여주는 행위다. 어떤 방식이든 상관없다. 직접 일기장에 써도 좋고, 온라인 플랫폼에 써도 좋다. 중요한 점은 기록을 흩어지지 않게 해야 한다는 것이다. 아날로그, 디지털 등 여기저기 별다른 분류 없이 기록만 하면 오히려 산만해지기 쉽다. 목적을 정하고, 꾸준히 할 수 있는 기록 방식을 찾아보자. 하나하나 기록이 모여 나의 역사가 되는 것을 목격하는 일, 꽤 멋지지 않은가.

유튜브 〈말많은소녀〉 채널
기록, 어떻게 쓰는지 모르겠다고요?

인생 스킬 노트

☑ 꼬박일기(구글 플레이스토어, 앱스토어)

간편성이 뛰어나다. 앱에 접속하면 레이아웃도 단순해 적응하기 쉽다. 그날의 기분을 스티커로 기록해둘 수 있어서 이번 주, 이번 달 나의 기분은 어땠는지 감정 관리를 하는 데 유용하다.

☑ 굿노트(구글 플레이스토어, 앱스토어)

태블릿 PC 펜슬로 필기가 가능하고, 타이핑도 할 수 있다. 유튜브 나 포털 사이트에 검색하면 무료 서식을 쉽게 다운받을 수 있다. 일기뿐만 아니라 공부할 때 쓰는 PDF 파일 등을 열람하고 필기 할 수 있기 때문에 기록에 있어 여러 방면으로 활용도가 높다.

☑ 아이폰 기본 일기 앱

아이폰에 '일기 앱'이 생겼다. 사진첩을 머신 러닝으로 요약해 근 사한 모음집을 만들어주기도 하고, 글감이 떠오르지 않을 때 생각할 만한 주제도 제공한다. 무엇보다 나의 모든 것이 담긴 스마트폰으로 간편하게 일기를 작성할 수 있게 해준다는 점이 앱을 매일 사용하기에 매력적이다.

✅ 프리폼(애플 기본 앱)

애플 제품을 쓰는 이들이라면 기기를 가리지 않고 쓸 수 있다. 이름처럼 쉽게 말해 칠판 같다고 생각하면 된다. 특별한 형식이 없고 사진이나 영상을 자유롭게 공유할 수 있다. 펜슬을 이용하면 편하지만 손 터치와 타이핑 역시 가능하다. 자유롭게 아이디어를 메모하거나 마인드맵 스타일로 생각을 정리하기에 적합하다.

삶은 한 줄에서
시작된다

앞서 말했듯 기록은 나의 역사가 된다. 행복한 기억을 모아주고, 속으로만 끙끙 앓고 있던 괴로움을 덜어내주며 인생을 바꾸는 변화도 일으킨다. 어제보다 더 나은 오늘을 위해 기록하기로 다짐했는데 막상 무엇을 어떻게 써야 할지 막막한 순간이 있다. 나는 기록이 막힐 때 한 줄 쓰기부터 시작했다. 매번 비슷한 일상에 별것 없는 하루 같아도 나에 대한 글감은 무궁무진했다. 두서없이 그날 있었던 일을 단어로만 쪼개서 쓰거나, 책을 읽고 마음을 울린 문장을 쓰거나, 일주일 계획을 썼다. 한 줄이 두 줄로 길어지고, 한 문단이 되고, 점점 형식을 갖춘 글로 완성되었다. 여러 방식으로 기록을 해보았는데, 그중 나를 탐구하려는 목적에서 유용한 것은 이런 글쓰기였다.

1. 만다라트

메이저리거이자 일본 야구선수 오타니 쇼헤이가 목표를 달성하기 위해 쓴 것으로도 잘 알려진 계획표이다. 가장 쉽고 한눈에 나에 대해 파악할 수 있다. '나'를 구심점으로 두고 브레인스토밍하듯 생각을 써가는 방식인데, 만다라트의 장점은 키워드만으로 표를 완성할 수 있어서 뛰어난 문장력을 요구하지 않는다는 것이다. 그래서 기록을 처음 시작했거나 여러 문장을 완성하는 게 어려운 이들에게 좋다.

내가 이뤄온 것, 하고 있는 것, 해야 하는 것, 싫어하는 것, 잘하는 것, 후회되는 것, 하고 싶은 것, 좋아하는 것 등 나에 대한 항목을 쓰고 단어로 채워보자. '나' 외에도 장래희망, 재테크 등 이루고 싶은 일들을 주제로 삼을 수 있어 확장성이 좋은 기록법이다.

2. 연대기 만들기

가치나 생각을 떠올리는 것이 부담스럽다면 나만의 연대기를 정리해보는 것도 좋다. 시대를 대표하는 문인들의 연보를 쓰듯 내가 지나온 날들을 떠올리며 당시 일어난 객관적인 사실들을 짚어보는 방법이다. 연대기를 써보고 놀란 사실은 내가 기억하는 것보다 더 바쁘고 열심히 살아왔다는 것과 건강 때문에 포기하고 좌절된 일들이 많았다는 것이다. 나의 역사를 통해 미처 깨닫지 못한 나의 성과와 장점, 약점 등을 파악하게 되었다.

3. 소거법

나는 하루의 끝에 내가 했던 행동들을 나열해본다. '아침 식사는 샐러드, 산책 30분, 운동은 하지 않음, 글은 두 페이지 씀, 점심에는 짜장면…' 이렇게 단편적으로 쓴다. 그중에서 좋았던 일에는 동그라미를, 다시는 반복하고 싶지 않은 일에는 가위표를 친다. 동그라미가 많은 날은 뿌듯하고, 가위표가 많은 날에는 내일 동그라미를 더 많이 칠 수 있는 일을 하자고 다짐하게 된다.

식사 메뉴만 기록해둬도 다시 들춰보았을 때 그날의 기억이 떠오르곤 하는데 여기에 O, X로 표시하면 시각적으로 각인되고, 무의식적으로 내게 좋았던 행동을 독려하게 된다. 이 방법 역시 문장을 쓰지 않아도 된다는 점에서 바쁠 때 활용할 수 있다.

4. 객관적 사실 기록

쓰는 행위가 버겁거나 다이어리 앞부분만 쓰고 어느새 일기 쓰기를 귀찮아하는 이유에는 유려한 명문장으로 종이를 채워야 한다는 부담 때문인 것 같다. 그럴 때는 객관적 사실 위주로 기록해본다.

- ☑ 오전에 병원에 갔다가 대기가 길어 오전 내내 병원에 머물렀다.
- ☑ 오전에 계획한 일을 다 하지 못해서 기분이 좋지 않았다.
- ☑ 앞으로 병원에 가는 날에는 변수가 있다는 것을 가정하고 여유 있게 계획을 짜야겠다.
- ☑ 일주일 사이에 3kg이 늘었다.

⊘ 입으려 했던 옷이 꽉 꼈다.

⊘ 야근 스트레스 때문에 매일 야식을 먹어서 그런 것 같다.

⊘ 내일부터 강제로라도 업무 시간을 딱 정해 일찍 마치거나 외주
업체에 의뢰해 일을 분배해야겠다.

실제로 내가 예전에 썼던 일기 내용이다. 객관적 사실과
그 경험에 따른 감정, 다짐을 쓰면 그날 있었던 일과 나의 감
상이 자연스럽게 기록될뿐더러 문제가 생길 때는 해결하는
힌트도 얻을 수 있어 도움이 되었다. 한 줄 한 줄 쓰다 보면
어느 날은 짧은 문장을 넘어 폭넓은 글쓰기도 가능한 날이
온다.

5. 저널링

위의 방법으로 기록을 습관화했다면 좀 더 자유롭게 내
생각을 풀어놓는 일기 쓰기를 시작해보길 바란다. 블로그는
내가 힘들 때마다 다양한 감정과 이야기를 쓰곤 했던 좋은
창구였다. 한창 열심히 블로그 활동을 하며 써내려갔던 나

의 심정들은 지금의 내가 창작하는 데 좋은 소재가 되기도 했다. 저널링은 일기를 쓰는 것 이상으로 성취감을 느끼게 하고 성장을 돕는다는 점에서 나에게 도움이 되었다.

6. 질문에 답하기

나는 얼마 전부터 기록 모임을 운영하고 있다. 기록하는 습관을 들이고 싶어 하는 사람들과 함께 시작한 커뮤니티인데 운영 방식은 이렇다. 사람들은 자신을 돌아볼 수 있는 질문을 매일 3개씩 받게 되고 그 질문들에 대한 답변을 기록한다. 쉽게 답을 할 수 있는 질문부터 공들여서 답을 떠올려야 하는 질문까지, 하루하루가 나에 대한 주관식 답변을 쓰는 날이 되는 것이다.

단순히 그날 있었던 일을 쓰다 보면 비슷한 일상의 기록이 반복되고 좁은 세계관에 갇히기 쉽다. 하지만 타인이 던지는 좋은 질문에 깊이 머물러 보는 것은 기록하는 습관을 들이는 것은 물론, 자신을 심도 있게 탐구할 수 있는 탁월한 방법이다.

어떠한 글이든 나에게 맞는 방법으로 글을 써보자. 나의 하루를 수집하는 재미를 느껴보길 바란다.

유튜브 〈말많은소녀〉 채널
야무지게 살고 싶다면 이것부터 시작해보세요

만다라트 양식
나의 인생을 되짚어볼 수 있는 마인드맵

잘될 수밖에 없는
6가지 태도

첫 책이 출간된 이후 여러 인터뷰에 응할 때마다 비슷한 질문을 받았다.

"잘되는 사람들의 공통점은 무엇인가요?"

책 제목이 《잘될 수밖에 없는 너에게》였으니 당연했다. 제목에 쓰인 '잘된다'는 말을 두고 저마다 다른 의미를 부여할 수 있을 것이다. 나의 경우에는 뚜렷한 목표를 가지고, 그

것을 이뤄내 성취감과 자긍심을 느끼는 행복한 상태를 '잘 된다'고 표현했다. 이런 기준으로 내가 바라보는 '잘되는 사람들'의 특징은 이렇다.

1. 하나에 집중한다

부캐, N잡 붐이 일어났던 것처럼 요즘에는 한 가지 일을 잘하는 것보다 여러 가지 일을 능숙하게 해내는 멀티 플레이어를 높이 산다. 하지만 여러 가지 일을 하며 성과를 내는 사람들을 자세히 들여다보면, 실질적으로는 한 가지 일로 귀결되는 경우가 많다. 서로 관련 없는 일들을 중구난방으로 하는 게 아니다.

예를 들어, 현재 대한민국에서 가장 분주해보이는 오은영 박사, 백종원 대표를 보자. 이들은 자신의 사업부터 방송 프로그램 출연, 광고 모델, 강연 등 다양한 일을 하며 승승 장구하고 있다. 이들은 N잡을 하고 있는 것일까? 나는 그렇게 생각하지 않는다. 각자 정신과 전문의, 요식업 회사 대표라는 뿌리에서 파생해 다양한 업을 해내는 것이다. 각기 다른 메뉴를 다루는 요식업을 한다고 해도 그것이 '경영'이라는 뿌리에서 나왔거나, '모두가 배부른 세상을 만들기 위해' 등 단일한 목적을 두고 하는 일이라면 그 일도 한 가지에 뿌리를 둔 일일 것이다. 그러니까, 같은 능력에서 확장된 일이라면 하나를 하는 것이 맞다.

의욕이 샘솟아 여러 가지 일에 도전해보지 않으면 살아있다는 느낌이 들지 않거나, 다재다능해서 내가 가진 무엇도 버리기 아까운 이들이 있다면, 이때는 여러 일을 동시에 벌이기보다는 하나를 궤도에 올려놓고 그다음 일에 도전하는 방법을 권한다. 일의 효율성과 지속성 측면에서도, 내가 브랜딩되는 측면에서도 제대로 이룬 것 없이 병렬적으로 일을 벌이기보다 하나씩 퀘스트를 깨듯 도전하는 것이 훨씬 유리하다.

한 가지 일에만 집중하는 것의 가장 큰 장점은 당연히 몰입도가 높다는 것이다. 많은 시간을 투자하기 때문에 나의 실력이 급격하게 향상한다. 목표를 이루기 위해, 잘되기 위해서 몰입은 필수다. 목표와 방향이 다른 일들을 하다 보면 꼭 해야 하는 일을 할 시간과 에너지가 부족해진다. 잘되는 사람들은 낭비를 허락하지 않는다. 몰입하고 또 몰입해도 부족하다고 생각한다. 10년 동안 하루에 1시간씩 영어 공부를 하는 사람보다 1년 동안 하루에 10시간씩 영어를 공부하는 사람이 더 빠르게 실력을 향상한다고 한다. 이 역시 몰입의 원리다.

2. 자기 신뢰가 있다

인간이 무언가를 하는 동기에는 두 가지가 종류가 있다고 한다. 첫 번째는 남들의 기대와 시선에 더 고양되거나 위축되는 외적 동기가 있고, 두 번째로는 본인의 기준에 의해 고양되거나 위축되는 내적 동기가 있다.

이 중 외적 동기로 움직이는 것은 비교적 쉽다. 이미 다른 사람들이 검증한 길을 잘 걸어가기만 하면 망할 확률이 낮다. 그러나 내적 동기로 움직이는 것은 그보다 어렵고 복잡한 과정을 거친다. 내가 맞는다고 생각하는 길을 내 방식과 속도대로, 자신의 기대치에 의존한 채 걸어가야 하기 때문이다. 이 과정에서 믿고 의지할 사람도 질타할 사람도 오로지

나뿐이다. 내가 일하고, 내가 나를 평가해야 한다. 더더욱 자기 자신을 객관적으로 보고 믿을 수 있어야 한다. 이런 자기 신뢰가 없다면 세상의 말에 흔들리게 될 것이다. 이만하면 괜찮으니 천천히 가라는 달콤한 위로에, 아직 많이 부족하니 서두르라는 경솔한 재촉에 흔들리지 않으려면 목표 지점에 도달할 때까지 눈과 귀를 막을 줄도 알아야 한다.

우리가 보장된 외적 동기로만 살 수 없는 이유는 결국 그것은 100% 자신의 선택이 아니기 때문이다. 무작정 걷다가 어느 날 뒤를 보면 내가 무엇을 위해 여기까지 왔는지 회의감에 사로잡히지 않을까? 결국 인생은 내가 선택한 길로 가야 한다. 잘되는 사람들은 이 사실에 의심하지 않는다. 가끔 흔들릴지라도 결국 자신이 맞는다고 선택한 길을 간다. 그렇게 간 길에 실패는 있을지언정 후회는 없을 테니까.

3. 되는 방법을 찾는다

이미 하기로 마음먹은 일이라면 어떤 상황에서도 할 수 있다는 가정하에 해답을 찾는 것이 잘되는 사람들의 공통점이었다. 그 일을 깨끗하게 포기하기 전까지는 안 될 이유를 찾기보다 '된다고 생각'하고 수단과 방법을 가리지 않았다. 반대의 경우 누가 들어도 타당한 안 될 이유를 변명처럼 늘어놓는다. 이긴다고 생각한 싸움에서 질 수 있다. 하지만 이미 진다고 생각한 싸움에서 이길 수는 없다. 해보고 안 되면 다시 다른 방법을 찾으면 된다. 시작하기도 전에 너무 많이 계산하면 오히려 실행을 주저하게 만든다. 우리의 의심은 두려움을 먹고 자란다.

4. 목표로 가는 길을 이성적으로 받아들인다

목표를 달성하기까지의 과정은 보통 고되고 지루하다. 무언가를 이룰 때는 그런 과정이 필요하다. 우리는 그것을 노력이라고 부른다. '이렇게까지 해야 하나'라는 생각이 든다면 나는 제대로 노력하고 있는 것이다. 목표를 이룬 후 과정을 되돌아보면 나에 대한 긍지가 느껴질 것이다. 그러나 아직 성공 여부를 알기 전까지 우리는 노력하는 과정이 뿌듯함으로 기억될지, 비참함으로 기억될지 알지 못한다. 그 때문에 많은 사람이 열심히 노력하면서도 자주 무너진다.

저축하기 위해 하루에 1만 원으로 식비를 해결하기로 정한 직장인이 있다고 해보자. "이번 달엔 하루에 1만 원만 써서 예전보다 10만 원이나 아꼈으니까, 1년만 유지하면 120만 원을 아낄 수 있네"라고 생각하는 쪽과, "10만 원 아끼자고 할인쿠폰 모으고, 편의점 음식만 먹는 내 자신이 너무 불쌍하다"라고 생각하는 쪽 중에 누가 더 오랜 시간 동안 노력할 수 있을까. 결과는 뻔하다. 힘든 과정을 성공으로 가는 길이라고 생각한다면, 계획의 일부라고 이성적으로 생각한다면 조금 다른 시각으로 노력을 감내할 수 있다.

5. 타인에게 이로운 욕심을 낸다

욕심에는 착한 욕심과 나쁜 욕심이 있다. 내가 욕심을 부릴 때 타인에게 이익을 주느냐, 피해를 주느냐가 기준이다. 선량한 욕심은 나를 위하지만 결국 모두를 위한 욕심이기도 하다. 내가 잘되자고 하는 일로 다른 사람들까지 윤택해지는 것, 쉽게 말해 내가 돈을 벌기 위해 기술을 만들었는데 그 기술로 인해 모두가 이롭게 되는 것과 같다. 나쁜 욕심은 이와 반대로, 남의 것을 빼앗으려는 마음이다. 내가 돈을 벌고 싶은 마음에 남의 기술을 훔치는 종류의 일이다.

사필귀정이라는 말을 기억하자. 남의 것을 탐내면 내가 가진 것까지 잃어버릴 수 있지만, 옳은 신념대로 나의 일을 하면 모든 건 뜻대로 된다. 타인에게 이로운 욕심을 가진 사람만이 길게, 흔들림 없이 갈 수 있다.

6. 작은 성공에 만족하지 않는다

처음 목표를 세울 때와 달리 대부분의 사람들은 끝까지 달리지 못하고 어딘가에서 지쳐버린다. 시도해봤다는 것 자체에 의의를 두고 끝나는 것이다. 하지만 잘되는 사람들은 적당히 만족하지 않는다. 목표를 이룰 때까지 작은 성공에 안주하지 않는다. 작은 성공은 그다음을 위한 자신감이자 재료로 쓰이는 것이다. 중간에 목표를 수정한다고 해도 새로운 목표를 끝까지 달성한다.

긴 삶의 여정 속에서 항상 경쟁하고 목표 지향적일 필요는 없다. 인생이란 느슨하게 유영할 줄도 알아야 하고 때로는 멈춰서 순간을 음미할 줄도 알아야 한다. 여기서 우리가 알아야 하는 것은 크고 작은 성취들이 모이면 내가 여유를 누리는 시간이 더욱 빛난다는 것이다.

유튜브 〈말많은소녀〉 채널
잘되는 사람과 그저 그렇게 사는 사람의 결정적인 차이점

인생 스킬 노트

✲✲ 내 삶이 잘 풀리는 마인드셋 ✲✲

- ✅ 자신을 믿고, 자신에게 의지한다.
- ✅ 타인에게 자아 의탁을 하지 않는다.
- ✅ 하나의 일에 집중한다.
- ✅ 자신의 실수에 핑계와 변명을 하지 않는다.
- ✅ 끝까지 되는 방법을 찾는다.
- ✅ 목표로 가는 길에 감정보다 이성을 우선한다.
- ✅ 타인에게 피해를 입힐 만큼 욕심 부리지 않는다.
- ✅ 적당히 만족하지 않는다.
- ✅ 작은 성공을 자신감으로 삼아 결국 끝까지 해낸다.

원하는 일을 이루는 사람들은 공통적으로 흔들림 없는 태도를 지녔다.
속도가 나지 않을 때도 있고, 생각만큼 일이 잘 풀리지 않을 때도 있다.
중요한 점은 어떤 상황에서도 자긍심을 잃지 않는 것이다.

가까이 있는
어른을 살펴봐

내게 영향을 주는 사람들은 많다. 직장 선배가 될 때도 있고, 많은 롤 모델들이 그렇다. 내가 존경하고 닮고 싶은 사람은 건강한 라이프 스타일로 살아가는 사람이다. 무엇보다 내면의 뿌리가 단단해야 한다고 믿기 때문이다. 그런 사람은 사실 멀리서 찾을 필요 없이 바로 옆에 있다. 나의 엄마다. 너무 익숙하고 당연해서 얼마큼 대단한지 체감하지 못했던 사람. 나이가 들어갈수록 그만큼 살기 어렵다는 걸 깨닫게 해주는 사람. 많고 많은 워너비를 제치고 나는 엄마 같은 사람이 되고 싶다.

멀리서 보면 엄마는 노년에 접어든 평범한 주부다. 그리 남다른 것이 없다. 다만 어린 시절 봤던 TV 속의 드라마에서 그려지는 통상적인 엄마의 모습과는 약간 다르다. 나이의 많고 적음이나, 형편과 관계없이 늘 눈이 반짝였다. 어릴 때부터 어렴풋하게 느꼈지만 살아볼수록 엄마가 크게 느껴졌다. 나를 돌보는 일에 몰두해보니 어른이 되는 게 얼마나 고달픈지, 그래서 나보다 먼저 인생을 살아온 엄마가 얼마나 대단한 사람이었는지 깨닫게 되는 대목들이 있었다.

첫 번째, 항상 공부를 한다. 내가 어렸을 때 엄마는 그림을 배웠다. 집에는 엄마가 그린 그림들이 걸려있었다. 평일에 우리 남매가 학교나 학원에 간 사이 집안일을 마치고 그림을 배울 짬을 냈다. 가정을 챙기기에도 벅찬 시간을 쪼개고 쪼개서 어떻게든 자신만의 시간을 가지며 살아왔다. 환갑이 지난 지금까지도 엄마의 배움은 멈춤이 없다. 체력이 떨어지지 않도록 운동을 시작하고, 외국어를 배우기도 하며,

합창단에서 종종 공연도 한다. 다양한 배움과 활동 덕에 엄마의 삶은 고여있을 틈이 없다.

　　두 번째, 비교하지 않았다. 살면서 한 번도 엄마가 다른 사람과 자신을 비교하는 것을 들은 적이 없었다. 자녀와 다른 사람을 비교하지도 않았다. 엄마와 달리 경쟁적인 기질을 타고난 내가, 커가면서 타인과 나를 비교하지 않게 된 것은 곁에 있는 엄마의 영향이 크다. 내 삶은 내 삶대로, 타인의 삶은 타인의 삶대로 가치 있다고 믿는 성숙한 어른의 모습, 언제나 공정하고 따뜻한 면모를 본받게 된다.

　　세 번째, 불만이 없다. 60년 넘게 사는 동안 엄마에게 힘들고 어려운 순간이 왜 없었겠는가. 하지만 엄마는 어려움이 생기면 해결하려고 노력했지 신세한탄을 하지 않았다. 내면은 좌절감을 느꼈을지라도 가장 가까운 가족에게도 부정적인 말을 꺼내지 않았다. 위기는 누구에게나 찾아오는 것이라고 생각하고 시간이 지나면 좋은 날이 올 것이라 믿으며 묵묵히 어려움을 이겨나가려고 했다. 그래서 어떤 어려운 일이 닥쳐도 초라한 적이 없었다.

　네 번째, 독립적이다. 엄마는 아프면 병원에 간다. 섭섭함을 느끼면 잠시 거리를 두고 감정을 추스른다. 심심하면 배울 거리를 찾고 일상에 환기가 필요하면 여행을 떠난다. 그때그때 마음 가는 대로 살면서, 능력 밖의 일을 욕심내지 않는다. 자신의 삶을 책임지는 것, 타인에게 폐를 끼치지 않으려는 행동은 외할머니 때부터 이어진 것이다. 타인에게 기대고 무언가를 기대하다가 실망하는 일이 없기에 아쉬운 것이 없다. 그래서 더 멋진 어른이다.

　남에게 의탁하지 않고 스스로 서며, 더불어 사는 태도. 언제나 더 나아지기 위해 노력하는 습관. 편안하고 욕심 없는 마음 덕분에 엄마는 말도 행동도 늘 아름답다. '아름'의 어원은 '나'를 뜻한다고 한다. 그래서 아름다운 사람은 가장 나다운 사람이다. 나답게 일상을 채우는 어른으로 살고자 한 것은 엄마 덕분이다.

취향은 철학이다

모든 것이 넘치는 시대에 소박하고 단출하게 살면서도 빛나는 사람이 있다. 너무 많이 가지지 않았기에 오히려 대단하다. 그가 소유한 것들을 하나하나 살펴보면 그 사람이 보인다. 얼마짜리 옷을 걸치고, 어떤 동네에 산다는 세속적인 기준이 모두 무색해진다. 그만의 인생을 살고 있어 누구와도 비교할 수 없기 때문이다.

학창 시절 나는 자아의 기준이 없었다. 외모가 멋지면 나도 멋진 사람이 되는 줄 알고 누군가의 청순한 긴 머리, 누군가의 멋진 패션 감각, 누군가의 윤기 나는 피부를 부러워하며 그걸 가지면 나도 그들처럼 되는 줄 착각했다. 하지만 세상 모든 미인의 장점을 가져다가 합쳤더니 아무런 매력이 느껴지지 않는 얼굴이 되었다는 우화처럼, 다른 사람이 가진 좋은 점을 나에게 다 가져온다고 해서 내가 완벽해지는 것은 아니었다. 다 가져올 수도 없었고, 가져온다 한들 그것은 내가 아니었다.

내가 부러워했던 사람들, 그들이 빛나 보인 이유는 겉으로 드러나는 모습이 그들이 축적해오고 살아온 삶 그 자체였기 때문이었다. 건강하게 살아서 건강해보이고, 연습을 많이 해서 자신감이 넘치는 것처럼, 자기 삶에 충실한 만큼 인과관계가 명확히 보였기 때문에 무의식 중에 그들의 삶의 이면마저 반짝임을 느꼈던 것이다. 그들이 걸어온 모습은 내적으로도, 외적으로도 자기만의 취향을 가진 것처럼 보였다.

취향은 하루아침에 만들어지지 않는다. 무엇이든 부단히 시도하고 반복해야 자신의 것이 된다. 처음부터 자신의 취향을 알고 태어나는 사람은 없다. 세월이 흘러도, 환경이 달라져도 변하지 않을 자신의 속성과 가치가 무엇인지 끊임없이 탐구하고, 그것을 포기하지 않고 추구하려는 진득함이 있어야 비로소 취향이 완성된다.

그래서 취향은 음식, 패션, 취미 등에 국한되지 않는다. 개인의 기호를 드러낸다는 점에서 삶에 대한 철학과도 일맥상통한다고 생각한다. 자신의 일관된 습관과 행동이 삶의 태도가 되고 그걸 취향으로 설명해도 무리가 없으니까. 취향이라고 해서 소수가 향유하는 것만이 취향은 아니다. 유행하는 것, 절대다수가 좋아하는 것을 나도 좋아한다면 그게 내 취향이다.

쉬지 않고 물건을 사거나 아무리 많이 가져도 공허해하는 사람이 있다면 그건 십중팔구 자신이 원하는 것이 무엇인지, 자신이 가져야 할 것이 무엇인지 정확히 알지 못해서 그런 것일 테다.

내 삶에 둬야 할 것을 고르는 안목을 가지는 것.

내 삶에 대한 철학을 확고하게 가져가는 것.

그래서 자기다움을 만들어내는 것.

취향은 그런 것이다.

인생 스킬 노트

⁕ 나를 심도 있게 알아볼 방법 4가지 ⁕

취향을 찾고 내가 원하는 것이 무엇인지 스스로 묻기 어려운 경우가 있다. 빈 칸을 채우는 데 스트레스받거나 수동적인 태도일수록 주체적으로 생각하기 힘든 것이다. 이럴 땐 객관적인 지표로 확인하는 것도 괜찮다. 비용이 든다는 것이 단점이지만, 나는 이런 방법들로 내가 아는 나와 세상이 바라보는 나의 차이까지 파악할 수 있었다.

1. 라이프 코칭

내 인생이 어디쯤에 있는지, 앞으로 어떤 방향으로 살면 좋을지 옆에서 지켜보고 말해줄 수 있는 현명한 사람이 있다면 얼마나 좋을까? 어디로 가야 하는지 길을 잃은 느낌이 들 때면 늘 필요했던 존재가 실재한다. 바로 라이프 코치다. 코칭 수업을 따라가며 내 안에 있던 답을 찾을 수 있었다. 나를 괴롭히고 있던 상처와 불만족스러웠던 부분을 어루만지다보니 더 잘 살고 싶다는 동기부여도 되었다.

2. 스타일링 체크

나를 담는 그릇, 외양에 대한 진단은 의외로 많은 부분을 변화시킬 수 있다. 예를 들어, 나의 옷장은 퍼스널 컬러 검사를 받기 전과 후로 나뉜다. 내가 돋보여야 할 때, 특히 비즈니스 관계에서 나를 효과적으로 드러내야 할 때 나에게 어울리고 내가 가진 장점을 극대화 시킬 수 있는 스타일링 체크가 유용했다. 쇼핑할 때도 내가 좋아하고, 내게 어울리는 범주 내에서 물건을 고르기 때문에 사놓고 안 입는 옷들이 줄었다. 외출 시 입을 옷이 없다며 시간을 낭비하는 일도 줄었다. 여러모로 일상이 효율적으로 바뀌는 느낌이었다.

비슷한 맥락으로 집을 대청소하는 것도 괜찮은 방법이다. 내가 자주 쓰는 물건과 손도 안 대는 물건들이 구분될 것이고, 내가 어떤 취향인지 스스로 깨닫게 될 수 있으니까.

3. 강점 검사

영향력, 실행력, 대인관계, 사고방식 등으로 나뉘어 업무나 사회활동에 큰 도움을 줄 수 있는 검사. 갤럽에서 이뤄지는 강점 검사를 통해 일할 때 경험한 나의 장점과 어려움이 낱낱이 드러났다. 이 검사로 내 단점을 극복하려고 애쓰기보다 강점을 더 살려 나의 특징으로 내세우는 방향으로 일을 해나가게 되었다.

4. 유전자 검사

자기 탐구의 종착점이 아닐까 싶을 정도로 나에 대한 모든 정보를 알 수 있었다. 신체적, 유전적 특징뿐만 아니라 성격 유형, 지능, 재능까지 포괄적으로 알 수 있다. 내가 그동안 발목을 잘 삐었던 이유는 아킬레스건 부상 위험이 높은 유전적인 특징 때문이었고, 사소한 부분에도 불편함을 많이 느낀 건 선천적으로 예민한 기질을 가지고 있어서였다.

유전적 특징은 결과가 변하지 않기 때문에, 내가 잘못된 게 아니라 유전성이 있어서 그렇다는 위안이 되었다. 그러면서 있는 그대로의 나를 인정하고 받아들이게 도와주었다.

Chapter
3

빛나는 오르막길을

걷기 위하여

원하는 대로, 마음먹은 대로

꿈을 이뤄나가는 사람은

인생의 크고 작은 걸림돌 앞에서도

자긍심과 성취감을 지킨다.

✦

어떻게 살아도 인생은 당신의 편.

스스로의 목소리에 귀 기울이고

스스로를 굳게 믿으며

순간에 충실한 사람 앞에

빛나는 오르막길이 펼쳐진다.

가짜 꿈에 속지 말자

우리 삶에서 꿈은 얼마나 중요할까? 과연 꿈이라는 게 오랜 시간 변치 않고 한 사람의 가슴을 뛰게 할 수 있는 것일까? 꿈을 향해 앞만 보고 달렸던 나, 꿈을 이루지 못해 좌절했던 나, 꿈을 이루고도 권태기에 빠져 또 다른 꿈을 찾아 헤매기를 반복했던 과거의 나에게 지금 조언해줄 수 있다면, 꿈이 그렇게까지 인생에서 중요한 것인지, 나에게 어떤 의미를 주는지, 이 꿈을 왜 꾸게 되었는지, 성공한 다른 사람을 따라 비슷한 꿈을 설정한 것은 아닌지 곰곰이 고민해보라고 말할 것이다.

이동진 영화평론가는 꿈이 없어서 그나마 덜 불행했다고 말했다. 꿈이라는 건 이루면 너무 행복할 것 같은데 인간은 이뤄진 모든 꿈에 대해 필연적으로 권태를 느끼게 되어있다는 것이다. 나 역시 살면서 '꿈을 좇아라'라는 말을 수없이 많이 들었다. 열정 없는 삶은 죽은 것과 마찬가지니 항상 가슴 뛰는 삶을 살라고. 이 말이 잘못되었다고 생각하지 않는다. 온갖 역경을 극복하며 꿈을 향해 달리는 사람들을 보면 존경스럽다. 하지만 그 또한 자신이 정말 원하는 꿈이어야 의미가 있을 것이다. 내가 목격한 대부분의 꿈은 허상에 가까웠다. 무언가가 되고 싶고, 미래에 어떻게 살고 싶다고 말하지만 그건 스스로 생각해낸 것이 아닐 때가 많았다. 자신이 처한 환경, 사람들이 좋은 거라고 말하는 일들 중에 '해볼 수 있을 것 같은 일을 고른 것'에 가깝게 느껴졌다.

사람들과 대화하며 나 또한 그랬던 것은 아닌지 돌이켜보았다. 장래희망, 꿈, 성공이 내가 정말 바란 일인지, 남들이 좋다고 하니까 나도 그 꿈을 모방한 것은 아닐지. 솔직히 나도 허상을 좇았다. 사람들이 부러워하거나 많은 돈을 버는 일을 선택하면 나중에 돌아봤을 때 후회 없는 길일 거라고 여겼었다.

충분히 고민하지 않고 고른 막연한 꿈은 외부 충격에 매우 취약하다. 애초에 자기 내면의 씨앗에서 깊게 뿌리내리며 자란 것이 아니라 바깥에서 옮겨 심어온 꿈이니 환경의 영향을 받는 것이 당연할지도 모른다. 내 안에서 우러나온 꿈인 줄 알았던 것이 실제로는 학습된 욕망이라는 것을 깨닫는 건 꿈이 좌절된 다음이다. 그제야 사람들은 자신의 목소리를 들어보려 애쓴다. 그리고 내면의 목소리, 진짜 나의 꿈을 찾기가 얼마나 어려운지 깨닫는다.

꿈이 나를 초라하게 하고 지치게 한다면, 회피하고 싶은 마음이 든다면 그 꿈은 진심이 아닐 확률이 높다. 눈앞에 놓인 선택지 중 가장 그럴싸한 것을 고른 것일지도 모른다. 물론 그게 틀렸다는 것은 아니다. 하지만 꿈이나 목표가 아니라, **나의 행복을 위한 수단이 필요한 거라면 그게 꼭 꿈이 아니어도 된다**. 그 수단을 획득하는 일이 나를 힘들게 한다면 얼마든지 목표를 변경할 수 있기에 그 차이를 구분하자는 것이다.

진짜 꿈을 꾸고 있다면,

① 힘들고 지쳐도 내 꿈을 생각하면 다시 힘이 난다.

② 주변 사람들이 뭐라고 말하든 꿈이 변하지 않는다.

③ 꿈을 이룬 내 모습을 생각하면 흐뭇하다.

④ 그 꿈에 좋은 점만 있는 것이 아니라 나쁜 점도 있다는 걸 알지만 상관없다.

⑤ 꿈을 이루기 위해 내 인생 대부분의 시간을 쏟더라도 괜찮다.

가짜 꿈을 꾸고 있다면,

① 자주 지치고 번아웃이 온다.

② 세상이 변하면 그 꿈이 쓸모없어질까 봐 자주 불안하다.

③ 내 꿈의 단점이 예상보다 더 클지도 모른다는 생각이 든다.

④ 워라밸이 지켜지지 않는다면 꿈을 이룬다고 해도 행복하지 않을 것 같다.

⑤ 나보다 주변 사람들이 그 꿈을 이루는 것에 더 열정적이다.

꿈에 대한 나의 진심은 어느 쪽인지 돌이켜보자. 마음의 방향이 정해졌다면 미래의 나는 지금보다 더 나다운 자신이 되어있을 것이다.

게으름을 이기는
몰입의 요령

나를 움직이는 동기 중 하나는 '타인에게 좋은 모습을 보여주고 싶다'는 마음이다. 남에게 보여주기 위해 사는 거냐고 반문할 수 있다. 보여주기식 삶은 대체로 소비 편력이나 SNS 자랑 글을 떠올리게 하여 실제로는 잘 살지 못하는데 잘사는 것처럼 포장한다는 인식이 있으니까. 그러나 할 일을 SNS에 보여주는 건 나에게는 실행력을 위한 일종의 의식이다.

원고를 써야 하는데 좀처럼 글이 써지지 않을 때 나는 노트북을 들고 카페에 간다. 그것도 제법 갖춰 입고. 카페에 가서 맛있어 보이는 메뉴를 주문하고 노트북을 펼쳐 깔끔하게 세팅한 후 인증샷을 찍는다. 이렇게 작업한다는 모습을 인스타그램에 업로드하고 나서 글을 쓰기 시작한다. 단순히 허세샷을 올리는 게 아니라 이때 나는 마인드컨트롤을 한다. 성공한 작가가 되어 쾌적하고 아름다운 곳에서 멋지게 글을 쓰는 긍정적인 이미지를 나 자신에게 각인하며 이번에도 잘해봐야겠다는 동기를 스스로 만들어준다.

또 이런 과정은 SNS 팔로워들에게 글을 쓰고 있다는 사실을 공표함으로써 한번 내뱉은 말은 지켜야겠다고 나 자신과 약속하는 것이기도 하다. 그렇게 한참 글을 쓰다가 집중력이 흐트러질 때쯤에는 카페에 있는 사람들의 시선을 괜히 의식한다. (아무도 나를 신경 쓰지 않지만) 오자마자 사진 찍고 몇 분 글을 쓰다가 가는 사람으로 보이고 싶지 않아서 다시 마음을 잡고 집중할 수 있다. 나름의 강제된 작업 시간을 보내다 보면 어느새 타인의 시선을 의식하는 단계를 넘어 제대로 몰입하고 있는 나를 발견한다.

사실 나는 어떤 일을 시작할 때 떠들썩하게 알리지 않는 편이다. 말만 앞서는 실없는 사람이 되고 싶지 않기 때문이다. '말하다 보면 그 일을 이미 다 한 것처럼 뇌가 인식해서 오히려 실행력을 약화시킨다'는 키르케고르의 글을 접하게 된 후에는 더더욱 말만 앞서는 사람이 되지 않으려 노력했다. 하지만 모든 일이 다 그렇지는 않다는 것을 깨달았다. 어떤 영역에 있어서는 남들에게 선언하는 것이 동기부여가 될 수 있다.

자기계발을 위한 행위들이 '챌린지'라는 이름으로 유행하는 것을 보면 보여주기 효과는 이미 많은 사람들이 체감하고 있는지도 모르겠다. 독서, 글쓰기, 미라클 모닝, 저축, 러닝, 크고 작은 습관 형성에 이르기까지 나 혼자만의 일이지만 다른 사람들에게 공유하고 커뮤니티를 만들어서 모이기도 한다. 서로를 의식하며 도전하게 되고 격려하기 위함일 것이다.

타인의 눈을 일부러 의식하게끔 장치를 만들어두는 것은

내가 더 의욕을 가지고 일할 수 있는 효과적인 방법이었다. 매달 달력 이미지를 제작해서 개인 블로그에 공유하겠다는 약속을 3년 넘게 지켰고, 유튜브도 꾸준히 주 1회마다 올리게 되었다. 기다리는 사람들이 있을 거라고 생각하니 몸을 안 움직일 수가 없었다. 운동하는 사진을 매일 SNS에 올리다가 잠시 나태해지면 사람들이 요즘엔 운동 안 하냐고 넌지시 물어오기도 했고, 그들을 실망하게 하고 싶지 않은 마음에 꾸역꾸역 운동하고 돌아온 날도 있었다.

아무도 모르게 나 혼자 다짐했다면 그동안의 많은 도전을 중도 포기했을지도 모른다. 하지만 타인의 시선은 나를 시작하게 하고 지속하게 했다. 사람은 누구나 관심받고 싶고 사랑받고 싶어 한다. 어쩔 수 없는 사회적 동물의 본능이다. 물론 실체 없이 보여주기식으로만 나를 꾸며내는 것은 독이 되어 돌아온다. 다만 긍정적인 보여주기 욕구를 현명하게 활용하자는 것이다. 단순히 보여주려고 시작한 일이 습관이 되어 변화를 일으키고, 진짜 당신의 일부가 될 수 있을지 모르니까.

성공 확률을 높이는
목표 달성법

살면서 수많은 목표가 있었다. 높은 성적을 받기 위해 공부했고, 일기를 꾸준히 쓰기 위해 기록하려고 했고, 운동하는 습관을 들이기 위해 노력해왔다. 목표 지향적인 성격이어서 계획을 세우는 데는 자신 있었다. 하지만 돌아보면 내가 해낸 목표의 양만큼, 작심삼일로 그친 일들도 많았다. 초심과 다르게 왜 중도 포기하게 됐을까, 어떻게 해야 끝까지 해낼 수 있을까 자기반성의 시간을 가지면서 이렇게 해야 목표를 달성할 확률을 높일 수 있다는 것을 깨달았다.

1. 간절한 목표를 정한다

다이어트는 많은 사람이 목표로 삼는 단골 주제다. 그만큼 빨리 포기하기도 한다. 나 역시 몇 kg이 되겠다고 입버릇처럼 말하기도 했는데 막상 인생에서 그 체중으로 살았던 기간은 길지 않다. 목표를 이루지 못한 결정적인 이유는 간절하지 않았기 때문이었다. 옷이 맞지 않아 체중을 조절해야겠다고 생각하거나 목표 체중에 도달해 피트니스 대회에 출전하겠다는 등 현실적으로 내가 이것을 꼭 이뤄야 하는 이유가 있는 것은 아니었다.

간절함이 부재할수록 목표는 달성하기 어렵다. 반대로 내가 목표를 꼭 이뤄야 하는 현실적인 이유를 심어주면 동기부여가 잘될 것이다. 예를 들어, 영어 공부를 해야겠다고 결심했다면 막연히 공부해야겠다고만 생각하지 말고, '미국 드라마를 자막 없이 이해할 수 있을 때까지 공부하기', '뉴욕 여행을 떠났을 때 번역기의 도움을 한 번도 받지 않고 여행하기' 등 현재 자신의 상황보다 수준이 높되 조금만 더 열심히 하면 도달할 수 있을 목표치를 설정한다.

2. 계획은 디테일할수록 좋다

책을 써보자고 마음먹었을 때 최대한 구체적으로 계획을 세웠다. '매일 글쓰기' 이런 단순한 생각이었다면 지금도 한 권을 다 완성하지 못했을 것이다. 먼저 책의 주제를 정하고, 주제에 맞게 챕터는 몇 가지로 분류할 것이며, 한 챕터당 글의 분량은 몇 쪽씩 써야겠다고 세세하게 수치를 정했다. 이처럼 목표를 설정한 다음에는 그걸 위해 내가 할 수 있는 방법들을 자세히 정리해본다. 계획은 디테일할수록 해낼 확률이 높다. 이동할 때 네비게이션을 켜면 도착 지점을 설정할 수 있고, 그곳으로 가는 여러 가지의 경로가 나오는 것처럼 내가 할 수 있는 경로를 바로 떠올릴 수 있어야 나의 목표가 마냥 허황된 꿈이 아닐 것이다.

3. 최소한의 목표를 세운다

목표 달성의 핵심은 만만한 목표를 세워서 하나씩 실천하며 성취감을 자주 느끼는 것이다. 예를 들어, 한 달에 책을 열 권 읽자고 다짐한 경우 실제로 지킬 수 있는 사람은 많지 않을 것이다. 한 달에 책 열 권이라는 건 3일에 한 권씩 읽어야 한다는 뜻이고, 책 한 권이 보통 300쪽이라고 가정하면 하루에 100쪽씩 읽어야 한다는 것이다. 대부분 바쁜 일상을 보내는 현대인에겐 실행하기가 어렵다. 첫 달은 의욕을 불태우며 열심히 할 수 있겠지만 점점 추진력을 잃게 될지도 모른다.

이럴 때는 '하루에 3쪽 읽기'라는 작은 목표를 세운다. 적은 분량이라는 생각이 들 수 있지만 그만큼 쉽다고 인식하기 때문에 매일 해볼 수 있다. 어느 날 3쪽만 읽고, 어느 날은 이야기에 빠져서 10쪽, 30쪽 읽을 수도 있다. 오히려 초과 달성한다면 성취감이 더 샘솟지 않을까? 적어도 목표 미달 때문에 나의 의지를 떨어트리지 않도록 한다. 최소한의 목표, 내가 해볼 수 있을 만큼을 정하면 어느새 목표를 달성하는 사람이 된다.

목표를 이루는 데 있어서 시간이 없다고 한탄하는 것은 핑계에 가깝다. 독서량이 많다고 알려진 CEO들을 생각하면 답이 나온다. 일에 치이고 사람도 많이 만나는 그들의 독서량은 웬만한 사람들보다 많을 것이다. 시간이 남아서 책을 읽는 것이 아니라 독서를 습관화했기 때문에 틈틈이 짬을 내어 시간을 활용했을 것이다.

독서뿐만이 아니다. 우리가 일상적으로 세우는 목표는 대부분 긴 시간을 요구하지 않는다. 그렇기 때문에 **어떤 일이든 '시간이 날 때' 하는 게 아니라 틈틈이 '시간을 내서' 해야 한다.** 나는 일을 완성도 있게 한 번에 하는 것보다, 완성도가 조금은 떨어지더라도 여러 번 반복해서 포기하지 않고 계속하는 것이 더 중요하다고 생각한다. 조금씩, 하나씩 시도해보자. 작은 성공들이 차곡차곡 쌓여 결국 내가 하고 싶은 일들을 이뤄낼 것이다.

인생 스킬 노트

‡ 성공 확률을 높이는 목표 세우기 ‡

☑ **목표는 간절할수록 좋다.**

매년 으레 다짐하게 되는 목표, 성공하지 못해도 대세에 지장이

없는 일이 아닌 마음에서 우러나오는 것을 목표로 삼는다.

☑ **계획은 구체적일수록 효과적이다.**

목표 달성까지 단계별로 무엇을 할지 디테일하게 계획을 세우거

나, 내가 해야 할 일을 수치로 적는다.

☑ **핵심은 최소한의 목표를 세우는 것이다.**

성취감은 목표 달성을 위한 부스터다. 큰 목표 아래, 만만한 작은

목표들을 세워서 하나씩 이뤄가며 성공의 기쁨을 자주 누린다.

유튜브 〈말많은소녀〉 채널
원하는 것을 다 이루는 방법

사무적인 인간관계가
뭐 어때

일하며 만난 수많은 인연 중 내 삶에 중요한 사람은 몇이나 될까? 카카오톡 메신저 친구 목록 상단에 오늘 생일인 사람의 이름이 뜰 때마다 내가 이렇게 많은 사람을 저장해두었다는 것에 놀란다.

　김○○, ○○ 기업 마케팅

　박○○ 에디터

　유튜버 ○○○

직업과 직함이 없으면 누군지 한눈에 알아보지 못할 이름들이 많았다. 사실 나는 새로운 관계를 맺는 일에 조심스럽다. 엄밀히 말하면 새로운 사람들을 만나며 긍정적인 자극을 받는 것은 좋은데, 그렇게 만난 사람들에게 마음이 다해더는 연락하지 않는 순간이 오면 그 관계를 어떻게 해야 할지 난감할 때가 많다. 인간관계를 유연하게 지켜나가고 싶지만, 이것도 타고난 재능이다. 내가 좋아하는 사람들을 챙기는 일도 벅찬데 불편한 사람까지 챙기려다 보면 정작 나에게 쓸 에너지가 부족해진다.

한편 동경하는 사람들이 유유상종하는 것을 보면 나만 저 세계에 합류하지 못한 것 같은 패배감에 이제라도 적극적으로 사람들을 만나고 사귀어볼까 하는 생각도 들지만, 도돌이표처럼 결국 혼자를 선택하고 만다. 생일, 명절, 상대방의 대소사를 살뜰히 챙기는 사람이 된다 한들 그들이 나에게 고마움을 느끼게 할 수는 있어도 억지로 사랑하게 만들 수는 없다는 걸 알기 때문이다. 내가 품은 그릇보다 무리해서 누군가를 품지 않기로 했다.

나는 인맥 반대론자다. 세상에는 학연, 지연 등 인맥과 각종 알음알음 관계로 만들어지는 일이 많다. 동화처럼 순수한 마음으로만 관계를 맺게 되지 않는다는 것도 알고 있다. 하지만 사람들이 나를 인맥으로써만 관리하지 않았으면 좋겠다. 자신에게 필요하거나 필요할지도 몰라서 사귀는 것보다, 이해관계가 없어도 가까이 하고 싶은 사람이라 만남이 이뤄지기를 바란다. 상대방에게 선택권이 있을 때도 단순히 지인이라서 나를 선택하는 게 아닌, 인간성과 실력을 높이 사주길 원한다.

그래서 나부터가 사람 덕을 보려는 욕심을 내려놓기로 했다. 담백하게, 자연스럽게 내게 오는 인연을 받아들이기로 하니 한결 마음이 편했다. 내 안에는 서로를 아껴주는 소수의 사람들이 남았다. 초라한 숫자로 보일지라도 내가 어떤 상황에 부닥치든 나를 지지해주고, 서로 이익을 주든 주지 않든 관계없이 언제나 내 옆에 있는 사람들이다. 설령 그 사이에서 이해관계가 생긴다고 할지라도 그들을 위해 기꺼이 내가 가진 것을 내어줄 수 있는 깊은 관계다.

인생에 정답은 없다지만 그중에서도 관계야말로 정답이 없다. 끌리는 사람에게 계산 없이 다가가서 사랑을 주고 싶은 사람이 있는 반면, 스스로를 챙길 여유조차 없는 사람도 있는 것이다. 인간관계란, 자신의 그릇대로 진심을 다해 사람을 대하면 되는 게 아닐까.

질투심을 역이용하는
사람이 일류다

질투는 사람을 갉아먹는다. 그 사람의 이름만 들어도 부러우면서도 불편해지는 마음. 잘되는 데에는 아무도 모르는 꼼수가 있을 거라고 의심하게 되고 나보다 더 잘될까 봐 눈에 쌍심지를 켜고 지켜보게 되는 미묘한 경험이다. 시기하고 질투하는 내가 못났다고 생각하면서도 나보다 뛰어난 사람을 인정할 용기가 없으니 그 사람이 망하기를 바라는 열등감이다.

신기한 점은 의외로 압도적으로 잘난 사람들을 질투하는 것이 아니다. 그런 사람들은 애당초 나와 다른 세계에 사는 사람이라고 여겨 대부분 질투의 대상에서 제외한다. 나와 비슷한 줄 알았는데 나보다 조금 더 잘되고 있는 사람에게 오히려 질투심을 느낀다. 나도 할 수 있을 것 같은데 못하니까 억울해지는 것이다.

누군가가 부러워지는 순간은 분명히 있다. 부럽다는 마음으로 끝나고 나의 인생을 나대로 살자고 마음먹으면 다행이지만 질투심을 넘어 스스로가 한심해지기 시작할 때 정신 건강을 위해서라도 이성적으로 제동을 걸 필요가 있다.

상대가 불편한 이유는 보통 두 가지로 나뉜다. 부럽거나 나에게 해를 끼쳤거나. 나에게 피해를 주지 않았는데 신경이 거슬리고 불편하다면 내가 그 사람에게 질투하고 있는 건 아닌지 생각해보자. 질투를 넘어 열등감을 느끼고 있을 수도 있다. 부정적인 감정이지만 이를 긍정적 신호로 받아들이면 마냥 잘못되었다고만 할 수는 없다. 그냥 불편하다고 인정하고 "내가 이 사람이 부럽구나" 받아들이는 것이다.

　또, 부럽다는 생각에서 그치면 내게 도움이 되지 않는다. 그 사람의 어떤 면이 나의 욕망을 건드렸는지 한 단계 더 나아가 헤아려본다. 미처 눈치채지 못했던 욕망, 내가 가지고 싶었지만 가지지 못한 것을 알아보는 것이다. 내가 원하지만 가지지 못한 것을 먼저 가진 사람이라면 분명 배울 점이 있을 것이다. 내가 몰랐던 방법이 있다면 배워보자는 사고방식으로 접근하자. 질투의 대상이 아닌 먼저 앞서간 선배라고 생각하면서.

　사실 똑같이 노력했는데 그 사람은 되고 나는 안 될 수도 있다. 그 사람과 나는 다른 존재이기 때문이다. 같은 일을 했다고 해서 기계처럼 같은 결과가 나올 수는 없다. 역량의 차이, 운의 차이 등 변수가 있는 것이 당연하다. 하늘 아래 같은 사람이 없는 것처럼 인간의 성장 속도도 같을 수 없다. 어떤 사람은 빨리 자라고 천천히 무르익는다면, 어떤 사람은 천천히 자라고 빠르게 무르익는다. 연예인으로 보면 빨리 주목받고 빠르게 잊히는 사람도 있고, 대기만성형으로 늦게 주목받는 사람도 있는 것처럼.

　나는 잘되는 사람은 그만한 이유가 있다고 생각한다. 오히려 내 일을 잘하려고 노력할수록 질투심이 힘을 잃는 것 같다. 어떤 일도 거저 얻을 수 없다는 걸 경험으로 알기 때문에 무턱대고 질투하지 않게 된다. 모든 일에는 대가가 따른다. 누군가 지금 어마어마한 대가를 치르고 있다고 생각하면 질투하는 마음이 조금은 줄어들지 않을까.

인생 스킬 노트

❊ 질투심과 열등감에 현명하게 대처하는 법 ❊

① 부러우면 부럽다고 인정할 것

부러움을 의연하게 받아들인다. 질투심에 허덕여 불편함을 드러
내거나 자기 비하를 하는 것보다 건강한 태도다.

② 숨겨진 나의 욕망을 파악할 것

보통 부러움은 자신의 욕망이나 부족한 면에서 기인한 감정이다.
나에게는 없고 상대방에게는 있는 것이 무엇인지 알아본다.

③ 질투의 대상을 선배라고 생각할 것

내가 원하는 것을 먼저 가진 상대방은 달리 생각해보면 선배와
비슷하다. 그 사람은 어떻게 노력했는지, 조금이라도 배울 점이
있을 거라고 생각해보자.

프로의
기본 조건 7가지

프리랜서가 되고 작은 사업체를 일구는 과정은 수월하지 않았다. 일반적인 직장인 생활을 아주 짧게 경험했기 때문이기도 하고 기존에 하던 일을 참고로 삼아서 하긴 어려운, 그러니까 선배가 거의 전무한 새로운 업계인 유튜브에 초창기부터 발을 들여놓았기 때문이기도 하다. 아주 기초적인 것부터 새로 시작하며 맨땅에 헤딩해야 했기에 내가 하는 게 맞는 건지 틀린 건지 확신이 없다가 결과를 보고 그제야 '아! 틀렸구나' 깨달았다. 지금 돌이켜보면 아찔했던 상황도 꽤 많았다. 나 같은 실수를 하지 않도록, 사회초년생이나 프리랜서로 혼자 일을 시작한 사람들이 일 잘하는 프로로 거듭나고 싶다면 꼭 알아두면 좋을 사항을 정리해보았다.

1. 메일로 소통하는 법 숙지하기

요즘은 대부분 메일이나 메신저로 업무를 처리하고 필요한 경우 전화와 미팅으로 해결한다. 별것 아닌 것처럼 보이지만, 메일 쓰기는 프로라면 필수로 갖춰야 하는 기술 중 하나다. 참조 메일 주소를 잘못 입력했거나, 개인 메일이 아닌 단체 메일로 보내 보안 유지를 못 하거나, 일에 감정을 담아 선을 넘는 언사로 상대방의 기분을 상하게 하는 경우, 받는 이의 이름을 잘못 쓴 경우, 첨부파일 누락, 메일로 기록을 남겨야 하는 것을 전화로만 처리하려는 경우 등 일을 지지부진하게 하는 크고 작은 실수들이 있다. 메일 소통은 원활한 업무가 목적이다. 예를 들어, 브랜드 광고를 위해 협업해야 하는 건이 있다면 메일을 어떻게 써야 할까?

나쁜 예: 저희가 이번에 대기업 광고 건이 있는데 브랜드 광고 진행하는 금액 알려주세요.

좋은 예: 안녕하세요? 뷰티, 패션 분야 마케팅을 담당하는 홍보 대행사 ○○의 ○○○ 대리입니다. 9월에 진행 예정인 대기업 ○○사의 신제품 ○○ 홍보를 함께 하고 싶어서 연락드렸습니다.

브랜드: ○○사
제품명: ○○
일정: 9월 초~중순
예산: ○○만 원

브랜드 광고 진행 견적을 알려주시면 리스트업해서 제안 드리겠습니다. 진행 의사가 없으시더라도 연락주시면 추후 다른 프로젝트에 모시고 싶습니다. 감사합니다.

인사, 연락하는 목적, 상대방이 알아야 할 정보까지 충분히 담겼다. 메일만 잘 써도 그 사람의 능력치가 달라 보인다.

2. 법적 사항 챙기기

사전 조사가 미흡해 애써 만든 작업물을 타인에게 빼앗길 수도, 내가 양심 없이 빼앗는 쪽이 될 수도 있다. 계약 단계에서 인지하지 못한 일로 문제가 생길 수도, 생각지도 못한 세무 처리 때문에 골머리를 썩일 수도 있다. 어떤 일에 종사하든 법적 문제가 없도록 미리 철저히 검토해야 한다. 특히 프리랜서라면 회사 이름, 브랜드 이름, 세무, 특허, 투자, 노무, 저작권 등 챙겨야 할 사항이 많기 때문에 전문가의 도움을 받는 것이 좋다.

3. SNS 계정 분리하기

SNS 운영 방식은 자유지만, 브랜딩과 자기 PR의 시대에 SNS가 곧 포트폴리오가 될 수 있기 때문에 창작하는 일을 하거나, 브랜드를 운영하는 이들이라면 사생활과 업무를 분리하는 것을 추천한다. 기존의 SNS 개인 계정에 업무 게시 글을 올려서 마케팅하며 시너지를 높이는 경우도 많지만 비즈니스가 성장하면 더 이상 '개인=회사(일)'가 아니게 된다. 처음부터 브랜드 계정을 함께 키워가는 것이 좋다.

4. 일의 모토와 방향을 명확하게 세우기

생각지도 못한 의외의 곳에서 성과가 생기고 가려던 방향이 달라지는 경우가 있다. 자의가 아닌 타의에 의해 일의 흐름이 달라지면 방향성을 잃고 번아웃이 오기 쉽다. 그렇기 때문에 내 일의 목적을 주기적으로 상기하거나, 어떤 가치를 추구하는 회사인지 뚜렷한 방향성을 잡고 가야 한다. 방향만 잘 세워도 추진력이 생기는 법이니까.

5. 평판 관리하기

프리랜서로 전향하고 나서도 예전에 알던 사람들을 다시 만나는 경우가 꽤 있었다. 지금 아무리 감정이 좋지 않더라도 사적인 영역까지 끌고 오기보다, 일에서의 견해 차이로 넘겨보자. 세상은 생각보다 좁고 업계는 더 좁은 데다 좋은 소문은 휘발되고 나쁜 소문만 돈다고 봐도 과언이 아니니까. 평판 관리는 평소에 하는 것이다.

6. 기록 남기기

계약서, 사진, 메일, 각종 통화 기록이 당장은 짐처럼 느껴지더라도 기록하고 백업해두길 권한다. 사람의 기억력은 한계가 있다. 잘 보관해두면 포트폴리오를 정리할 때 유용하게 쓰이고, 다른 일을 할 때 레퍼런스가 되기도 한다. 심지어 법적 분쟁이 생기면 필요하게 될 수도 있다. 실제로 통화 녹음을 통해 몇 년간 고비를 넘긴, 경험에서 우러나오는 조언이다.

7. 자신만의 업무 기준 확립

가치관이 없는 인생이 휘청거리는 것처럼, 가치관 없는 일역시 자주 휘청거린다. 특히 혼자 일하다 보면 융통성을 발휘하기가 쉬운 장점이 있지만 그만큼 기준 없이 일하기도 쉬워진다. 기준이 없으면 기분에 따라 일하게 되고, 그런 태도는 자신뿐 아니라 함께 일하는 상대방도 헷갈리게 만든다. 자신만의 업무 기준을 만들어야 체계적으로, 프로답게 일할 수 있다.

나는 평일 근무 시간 이후에는 되도록 일하지 않는다. 회사 구성원 대부분이 기혼, 워킹맘이기 때문에 하게 된 선택이었지만 나름의 기준점이 되어 컨디션 관리에도 도움이 되고 과로하지 않으면서 시간을 관리할 수 있게 되었다. 또 직원들 없이 혼자 할 수 있는 일은 주말에 한다는 원칙을 세워 주중엔 회사원처럼, 주말엔 프리랜서처럼 일하다 보니 효율성도 높아졌다.

7가지 일잘러의 조건은 말은 쉬워도 막상 다 갖춘 이들은 드물다. 사람은 누구나 실수한다. 다만 프로가 아마추어와 다른 점은 실수를 고치고 발전해나간다는 것이다. 자신의 철학이 명확하고 상대를 배려하는 기본을 갖춘 사람을 우리는 프로라고 한다.

인생 스킬 노트

⁂ 사회생활 만렙, 일잘러가 되고 싶다면 ⁂

⊘ 메일, 전화 등 기본적인 소통 방법을 숙지한다.

⊘ 프로젝트 사전 조사, 법적 사항은 미리 챙긴다.

⊘ SNS 계정은 가급적 일상 용도, 포트폴리오 용도로 구분한다.

⊘ 일의 모토와 방향을 명확하게 세운다.

⊘ 세상은 좁다. 일할 때 사적인 감정은 배제한다.

⊘ 백업은 필수. 메일, 사진 등 업무 내용은 기록해서 보관한다.

⊘ 어디에서 일하든 자신만의 업무 기준을 확립한다.

처음부터 완벽하게 잘하는 사람은 없다. 업무의 기본기부터 갖추면 어느새 프로로 거듭난 나 자신을 발견할 수 있을 것이다.

좋아하는 마음도
재능이다

내게 가장 큰 관심사는 언제나 '무엇을 하고 살아가야 할까'이다. 어릴 때는 무엇을 해야 할지 몰라서 헤맸다면, 사회생활을 시작한 이후에는 어떻게 커리어를 쌓을지 고민했다. 쉼 없이 달렸지만 대단한 것을 이룬 것은 아니고 지금 서 있는 이곳이 커리어의 정점도 아니다. 언제까지 하나의 일만 계속할 수 있을지 장담할 수도 없었다. 누구나 밥벌이 앞에서, 꿈 앞에서 이런 고민을 하게 되지 않을까.

삶을 사랑하고 열심히 사는 사람일수록 일에도 진심이 되니 내가 원하는 일을 더 치열하게 고민한다. 나 역시 모든 에너지를 쏟아내는 타입이라 고갈되지 않을 일, 아니면 힘들어도 힘든 줄 모르고 열심히 할 수 있는 일을 찾아 헤매왔다.

내 삶에 대해 열정이 컸던 만큼 일을 잘하고 싶은 마음도 컸기에 내가 좋아하는 일보다는 잘하는 일을 선택해야 하는 게 아닌가 고민하기도 했다. 그럼에도 나는 법학을 전공했지만 사회초년생 때 좋아하는 일을 좇아 도전했다. 방송국 입사를 준비하면서 재능이 뛰어난 사람들을 수없이 만났다. 현직 아나운서보다 더 울림 있는 목소리를 가진 사람, 배우 같은 외모를 가진 사람, 누가 봐도 합격할 것 같은 어마어마한 스펙을 가진 사람 등 아무리 연습하고 노력해도 따라잡기 어려운 타고난 재능을 가진 사람들. 그들이 큰 산처럼 느껴졌다. 나는 그저 '하고 싶어서' 달려든 들러리가 된 것 같아 하루에도 수십 번씩 좌절했다.

시간이 지나면서 꼭 재능이 있는 사람들만 꿈을 이루는

것은 아님을 목격했다. 오히려 재능이 너무 많으면 다음 공채를 기다리지 못하고 방송국이 아닌 다른 기업에 입사하기도 했고, 재능을 믿고 성실성이나 인내심이 필요할 때는 상대적으로 노력을 덜 하기도 했다. 좋아하지 않는데 재능이 있다는 이유로 일을 택한 탓에, 벗어나고 싶어도 일에서 얻는 보상이 커서 그만두지 못하고 늘 힘들어하는 사람도 있었다.

반면 재능이 있는 것은 아니지만 꾸준히 노력하면서 끝까지 버틴 사람들은 자신이 처음에 목표로 삼았던 자리가 아니더라도 비슷한 형태로 꿈을 이뤄나가고 있었다. 그리고 어떤 분야든 오래 한 사람들을 보면 결국 그 일을 좋아하는 사람들이 남았다. 그때 깨달았다.

끝까지 남는 사람이 이기는 거구나.
비록 재능이 부족해도 좋아하면 끝까지 버틸 수 있는 거구나.
인생은 버티는 것까지가 재능이구나.

사람들과 소통하면서 '좋아하는 일'과 '잘하는 일' 중에 무엇을 선택해야 하냐는 질문을 많이 받는다. 대부분의 사람이 이 기로에서 고민하는 이유는, 좋아하는 일을 하고 싶지만 내가 잘할 수 있을지 확신이 서지 않아서일 것이다. 자신의 재능을 의심하고 있다면 관점을 달리 해보라고 말하고 싶다. 정말로 재능이 없는 일은 시작조차 쉽지 않았을 것이다. 그렇기에 어떻게든 일을 계속하게 된다면, 버틸 수 있다면 이미 당신은 충분한 재능이 있는 것인지도 모른다. 이미 삶 속에서 어떤 방식으로든 좋아하는 일을 찾은 것이고, 그 꿈을 이뤄나가고 있는 것인지도 모른다.

좋아하든, 재능이 있든 일은 우리 삶의 많은 부분을 차지한다. 삶의 다른 영역에서는 쉽사리 맛볼 수 없는 성취감과 자긍심 역시 일에서 느낄 수 있다. 일에서 벗어나는 것도 쉽지 않다. 그렇기에 언제나 내가 사랑할 수 있는 일을 하는 편이 좋다고 생각한다.

꾸준히 지속할수록 가능성은 더 커지지 줄어들지 않는

다. 한 우물만 파도 된다. 한 우물만 판 사람들의 저력은 단단할 수밖에 없으니까.

노잼 시기라는
사이클

나에게 '영원히 쉬지 않고 일하기' 그리고 '영원히 일하지 않기' 중 고르라고 한다면, 망설임 끝에 영원히 일하는 쪽을 고를 것이다. 개인 시간을 보내는 것도 좋아하고 꼭 일에서만 가치를 찾아야 한다고 생각하지는 않지만, 일이 잘되었을 때 내 일상이 더 탄력받고 있었으니까.

그럼에도 언제나 에너자이저처럼 일할 수는 없다. 누구나 그렇듯 나도 종종 회의감이 찾아온다. 언제까지 노를 저어야 하는지, 건강도 챙기지 못하고 왜 가족과의 시간보다 일을 우선으로 두면서까지 매달리게 되는지. '왜'라는 질문이 엄습해올 때면 나는 상황을 그보다 객관적으로 바라보려고 한다.

1. 물 들어오는 시기가 있다

보통 직장인은 잦은 야근과 특근에 일이 많아 힘들어한다. 눈앞에 놓인 일들을 쳐내기 바쁜 상황이다. 하지만 조금 달리 생각해보면 내게 주어진 기회는 때가 정해져 있을 수도 있다. 예전에 일했던 곳에서는 직군 특성상 일이 몰아치는 기간이 있었고 그 외에는 일이 끊길까 봐 걱정하는 시간으로 보냈다. 그때 알았다. 일에서만큼은 나를 찾아주는 '시기'가 있다고. 나뿐만이 아니라 다른 일에 종사하는 사람들에게도 비슷한 이야기일 것이라고.

더욱이 사회초년생 시절 나는 많이 일하고 많이 배우고 흡수해서 발전하고 싶었기 때문에, 일이 없으면 더 힘들어했다. 회사에서 했던 건강검진 심리 검사에서 '일의 안정성에 대한 두려움과 불안함이 심각하다'는 결과가 나왔을 정도였으니까.

그래서 더욱 일을 갈망하는 것이기도 하다. 이런 경험으로 나는 '일은 들어올 때 해야 한다'라는 생각을 갖게 되었다. 개인적인 사정으로 놓쳤다가 다신 일할 기회가 오지 않을 것 같아서. 언젠가는 커리어가 쌓이고 내가 할 일이 줄어들고, 나를 찾는 사람들도 줄고, 수입도 줄어들게 될 것이다. 지나간 일은 돌아오지 않는다. 내가 일을 영원히 할 수 있는 것도 아니다. 그래서 경험할 수 있을 때 최선을 다하려고 한다.

2. 나만의 워라밸을 지킨다

일과 삶의 균형이라는 워라밸(Work Life Balance)은 이미 직장인들에게 새겨진 단어다. 과중한 업무에 지쳐 여가 시간을 가지고 싶은 마음이 투영되어있다. 하이브 엔터테인먼트의 방시혁 프로듀서는 워라밸이라는 말이 일을 적대적으로 보는 개념이라며 일과 삶의 조화, 즉 'Work Life Harmony'라는 말을 선호한다고 말하기도 했다. 그의 말에 수긍했다. 휴식이 중요한 나도 사실 일과 삶을 완벽히 분리하는 게 어렵기 때문이다. 그래서 나도 삶을 더 윤택하게 하는 일을 하고, 일을 더 즐겁게 하는 삶을 함께 지켜나가는 것을 목표로 한다.

그런 의미에서 기본적인 업무 시간은 잘 지켜져야 한다는 것을 전제로, 나는 한 단계 더 나아가 물리적인 시간에 나를 맞추기보다 자신의 인생관과 생활방식을 기준으로 일의 균형을 맞추면 좋겠다는 생각이다. 나는 휴직하면 감이 사라지고 다시 감을 잡는 데까지 시간이 걸리는 편이다. 쉬다가 돌아오면 이전의 업무 상태로 끌어올리려고 준비하는 데 시간을 더 쓰는 것 같아 되도록 오래 쉬지 않으려고 한다.

'이번 달 특히 열심히 일했으니 다음 달에는 연차를 내고 쉬거나 짧게라도 여행을 가자' 이렇게 단기적으로 워라밸을 고려하는 사람들이 있는가 하면 나는 조금 더 긴 관점, 인생 전체를 놓고 워라밸을 따지는 편이다. 20대 때는 일을 더 많이 하고 싶어도 하지 못했으니 일이 들어오는 30대, 그리고 은퇴하는 시점까지 열심히 일을 해야겠다고 다짐한다. 단, 일이 좋아도 너무 무리하지는 말자고 되새기려고 한다.

어떤 방식이 더 옳다고 볼 수 없다. 바짝 일하고 쉬어가기를 반복하는 게 더 맞는 단거리 선수도 있고, 나처럼 일을 우선순위로 두고 그 사이사이 휴식을 채워 넣다가 나중에 푹 쉬는 게 더 잘 맞는 사람도 있으니까. **무엇보다 어떤 게 워라밸을 위한 것인지도 따져봐야 할 것이다.** 딱히 가고 싶지 않았는데 쉴 때는 다들 여행을 가니 나도 한번 가볼까 싶어서 떠났지만, 정말 나를 위한 휴식이라는 생각이 들지 않았던 적이 있었다. 그래서 자신에게 의미 있는 시간을 보낼 때 생기는 에너지가 일에도 좋은 영향을 미쳐야 그것이 진짜 워라밸을 잘 지키는 것이라고 생각한다.

3. 근로소득의 단계를 생각한다

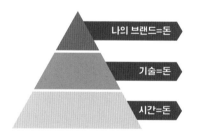

내가 가진 것들과 소득의 관계를 이런 단계로 정리한다면 나는 몇 층에 있을까 생각해보았다. 처음에는 시간을 들이고, 그다음엔 시간을 들인 만큼 쌓인 기술로 소득이 더 커질 수 있고, 그다음 단계까지 간다면 내가 브랜드가 되거나 나

만의 무언가를 시작할 수 있을 것이다. 아주 뛰어난 사람이 아니고서는 쉬고 싶은 만큼 쉬면서, 즐기면서 그다음 단계로 가긴 어렵다. 심지어 어떤 나이대가 지나면 그 단계를 오를 수 있는 기회조차 쉽사리 주어지지 않는다. 연령 주의가 많이 타파된 시대이지만 모든 분야가 다 그렇지는 않기 때문에. 이 사실이 나에게는 회의감을 이겨낼 동력이 된다. 지금이 나의 가치를 높일 기회로 여겨지고, 하는 일이 잘 안되어 힘들더라도 참을 수 있게 된다.

한 번은 여태까지의 근로소득과, 눈앞에서 놓친 재테크에서 발생할 수도 있던 기회비용을 따져본 적이 있었다. 무의미한 가정이지만 내가 일 대신 재테크에 몰두했다면 훨씬 더 많은 돈을 벌었을 거라는 결론이 나왔다. 하지만 나는 다시 돌아간대도 일을 택할 것 같다. 일은 돈뿐 아니라 성장이라는 선물을 주었으니까.

4. 일하는 내 자신을 좋아한다

일하다 보면 수시로 나의 부족함을 느낄 때가 많았다. 하지만 부족하다는 건 개선할 여지가 있고 무언가를 배울 수 있다는 뜻이다. 더 노력하고 부지런하게 사는 게 일이라는 생각이 든다. 이런 노력들이 쌓여 결국 더 나은 내가 된다. 일이 아니라면, 어떠한 의무도 없고 보상도 없다면 나는 스스로 발전할 기회를 많이 놓쳤을 것이다. 똑같은 노력을 했을 때 내가 가장 보람을 느낄 수 있는 것은 일이었다. 늘 잘되는 것이 아닐지라도, 늘 즐거운 과정이 아닐지라도 나는 일하는 내 모습이 좋다.

인생 스킬 노트

⁂ 일의 슬럼프 시기에 나를 붙들어줄 현실적인 조언 ⁂

☑ **일하는 것은 한때다.**

어리고 젊을 때 열심히 일하는 건 생애주기 측면에서 어쩌면 당연하다. 커리어가 쌓여 은퇴한 후에는 자연스럽게 내가 할 일도 줄어드는 때가 올 것이다.

☑ **자신만의 워라밸을 만든다.**

나의 라이프 스타일에 맞게 일과 삶의 균형을 맞춘다. 완벽하게 분리하는 것이 맞는 사람도 있고, 'Work Life Harmony'처럼 휴식과 일을 조화롭게 섞는 생활이 맞는 사람도 있다.

☑ **근로소득을 생각한다.**

나를 움직이는 가장 큰 동력은 비용이다. 냉정하게 말하면 스스로의 가치를 가늠할 척도이며, 살아가기 위해선 지쳐도 참을 수 있는 힘이 된다. 무조건 소득에 매달려야 한다는 뜻은 아니다. 건강을 해칠 정도로 힘들다면 그것은 휴식이 필요하다는 신호다.

무엇이든 잘 풀리는
추진력을 얻고 싶다면

친구 A를 오랜만에 만났다. 우연히 보게 된 친구의 손바닥에 굳은살이 있었다. 운동을 하냐고 물었더니 웨이트 트레이닝을 한 지 4년이 넘었다고 했다. 자신에게 맞는 운동에 정착해 습관으로 만들기까지 어렵다는 것을 알기에 오랫동안 지속할 수 있는 비결을 물었다.

"무리하지 않으면 돼. 무리하면 다음 날에 하기가 싫거든. 처음에 헬스장에 가서 스쿼트 10개 하는 것부터 시작했어.

그리고 매일 한 개씩 개수를 늘렸어. 한 개 정도는 더 할 수 있잖아. 그러다 보니 4년이 지나간 거지. 1년쯤 지나니까 체력도 좋아지고, 근육도 붙고 몸이 바뀌는 재미가 생겨서 PT도 받아봤어. 결국엔 생활체육 지도사 자격증도 따게 됐지."

나도 건강 관리를 위해 여러 운동을 해봤다. 다만 하다가 그만두기를 반복했을 뿐. 웨이트 트레이닝, 필라테스, 골프 등에 빠져 하루에 몇 시간씩 운동하다가 질리면 쉬기를 반복하며 결국 똑같은 실력과 똑같은 근력을 유지할 때 친구는 그저 하루에 한 시간씩 같은 운동을 한 것이다. 그것도 4년 동안.

친구를 보고 한결같음에 저력이 있다는 것을 알았다. 그는 새로운 아이디어가 떠올랐다고 흥분하는 일도 없었고, 어떤 일에도 급하게 서두르지 않았다. 너무 일관성이 있어서 조금은 재미없는 사람이란 생각이 들기도 했지만, 해를 거듭할수록 변화하고 있었다. 무엇보다 예전보다 더 자신감 있는 모습이 사람을 달리 보이게 했다. 뭐든지 꾸준하게 한다는 건 자신감으로 이어지고, 그 자신감이 스스로를 더 빛나게 할 수 있다는 걸 알게 되었다.

사실 꾸준함과 성실성이 좋다는 건 모두들 안다. 하지만 무엇을 꾸준히 하고 있는지 자문하면 제대로 대답하기 어렵다. 왜 그럴까? 우리가 무언가를 시작하려고 마음먹었다가 쉽게 포기하는 이유 중 하나는 너무 조급해서다. 예를 들어 근육을 만들겠다고 하면서 조급한 마음으로 무리하게 계획을 짠다. 집에 있는 정크푸드도 다 버리고 영양제도 잔뜩 사서 식탁에 둔다. 탄수화물을 줄이겠다며 샐러드와 닭가슴살로 구성된 식단으로 바로 바꿔버린다. 하지만 일주일, 한달이 지나면 영양제 통에는 먼지가 끼고 냉장고엔 다시 예전에 먹던 간식들이 자리하고 있다. 사실 그 사이 치킨과 떡볶이도 먹는다.

덜 서둘렀다면 어땠을까? 밥은 그대로 먹고 콜라 대신 탄산수로 음료를 바꿔 마시는 정도로 행동을 수정했다면? 서서히 바꿔나갔다면 몸이 한순간에 눈에 띄게 달라지진 않겠지만 반작용은 훨씬 적었을 것이다. 일주일 후에 원래 모습 그대로 복귀하는 대신 아주 작은 변화이지만 긍정적인 생활방식이 자리 잡지 않았을까?

운동뿐만이 아니다. 나는 살면서 크고 작은 많은 일들을 그르쳤는데 그 이유 중 하나가 조급함이었다고 생각한다. 조급함은 일을 시작하는 단계에서는 강한 추진력이 되어 사람을 움직이게 한다. 목표를 달성하려고 열심히 하게 되고 순간 집중력도 높아진다. 하지만 어느 시점이 되면 더 지속하기 어려워진다. 나의 정상적인 속도로 달리지 않았기 때문이다. 빠르게 달린 후에 숨 고를 시간이 필요한 것처럼 조급함으로만 에너지를 가져다 쓰면 얼마 못 가 힘이 부족해진다.

그동안 시험 삼아 한다는 마음으로 다양한 일에 도전해보며 추진력을 써왔다. 빨리 성과를 내고 싶어 마음만 앞섰다. 나의 능력치를 무시한 채 이상적인 방법만을 좇았기 때문에 뒷심을 발휘하지 못해서 결국 이룬 일은 거의 없었다. 절대적인 시간이 있어야 하는 일일수록 몸과 마음의 속도를 균형 있게 지켜야 한다는 것을 깨달았다. 벼락치기로 과제 레포트 5장은 써낼 수 있지만 책 한 권을 쓸 수는 없으니까.

여러 일을 조금씩 경험하는 것도 물론 의미가 있다. 하지만 본 게임에서 추진력을 잃지 않으려면 하고 싶은 일, 내게 주어진 기회 앞에서 조금 더 신중히 접근하는 것이 좋을 것이다. 우리는 무엇을 위해 서두르는 건지 생각해보자. 느려도 일관된 행동을 꾸준히 하는 것. 무리하지 않는 것. 추진력을 유지할 수 있는 비결이다. 이렇게 작은 성실함이 쌓이면 더 높은 완성도로 내게 돌아올지도 모른다.

그러니 자신의 의지를 탓하며 조급하게 마음먹지 말고 꾸준함의 힘을 한번 믿어보시길.

유튜브 〈말많은소녀〉 채널
추진력이 좋아도 일이 안 풀리는 이유

롤 모델이
가르쳐준 것

앞서 인생의 목적지를 제대로 알아야 내가 어떤 길을 걸어야 할지도 알 수 있다고 말했다. 내가 원하는 길을 한 번에 명확하게 알 수 있다면 더할 나위 없이 좋겠지만, 어떻게 해도 방법을 모를 때가 있다. 사람이기 때문에 주변의 말에 흔들리기도 하고, 나도 모르게 화려한 외형을 좇게 되어 내 마음이 가려지기도 한다. 나도 언제나 나의 욕망을 정확하게 파악하고 있지는 않다. 방향을 제대로 잡을 수 없어서 헤맬 때 나는 종종 나의 롤 모델이 누군지 떠올려본다. 그들의 모습에 나의 꿈이 투영되어있을 때가 많았으니까.

선망이라는 감정은 내가 지금 하고 싶은 일을 아주 솔직하게 드러낸다. 누군가에게 호감을 느끼는 것을 넘어, 그 사람을 닮고 싶다고 생각한다는 것은 내 마음의 주파수가 그에게 향하고 있다는 뜻이다. 삶의 목적을 잃거나 너무 많은 역할을 지고 있을 때면 나는 현재의 내가 부러워하는, 닮고 싶은 사람이 누군지를 떠올리며 흐려진 나의 꿈을 살핀다.

나는 학창 시절을 꿈 없이 보냈다고 기억해왔다. 그런데 그때도 나는 누군가를 동경하고 있었다. 공부하며 들었던 라디오 진행자들을 선망해 그들을 롤 모델로 삼고 방송하는 사람이 되려고 했던 것이다. 꿈이 없었던 게 아니라 꿈이라고 인지하지 못했을 뿐, 나는 그 방향으로 향하고 있었던 것 같다.

취준생 시절에는 이동진 영화평론가에게 매료되었다. 그의 글을 읽으며 그처럼 살고 싶다는 생각을 자주 했다. '하루하루는 성실하게, 인생 전체는 되는대로'라는 문장을 내걸었던 그의 블로그 머리말처럼 무심한 듯 충실하게 매일을 사는 태도가 인상적이었다. 그의 언어는 설득력이 있고 논리적일 뿐만 아니라 글로도 예술을 할 수 있다는 걸 종종 느끼게 한다. 나는 논술이나 작문 시험을 앞둘 때마다 그의 책을 필사했다. 손에 글의 리듬이라도 익히면 나도 잘 쓸 수 있지 않을까 싶어서였다(정말 부적 같은 힘이 있던 것인지 한 번도 필기시험에서 낙방한 적이 없다). 지금도 여전히 그를 동경하며 언젠가 그처럼 말하고 글을 쓰는 날이 오길 바라고 있다.

나는 인생의 새로운 구간에 진입할 때마다 롤 모델이 바뀌었다. 유튜브를 시작할 때쯤에는 나이에 무색하게 자신만의 스타일을 자신 있게 드러내는 박막례 할머니를 롤 모델로 삼았고, 워킹맘이 되었을 때는 자신의 삶을 아이의 삶 못지않게 소중하게 여기는 엄마들이 나의 롤 모델이 되었다. 멋진 할머니가 되고 싶다는 생각은 유튜브 밀라논나 채널을 알게 되면서 하게 되었다. 자신의 분야에서 치열하게 일하다가 은퇴 후에는 그동안 쌓은 취향을 공유하며 젊은이들에게 멘토가 되는 어른이 되고 싶다.

일면식도 없는 나의 롤 모델들은 북극성처럼 나를 꿈의 길로 인도해주었다. 내가 가는 이 길의 어디쯤에 그들과 마주칠 수 있다는 기대와 설렘, 닮고 싶은 사람들과 조금씩 비슷해져가는 나의 모습을 통해서 앞으로 나아가야 할 방향을 점검할 수 있었다. 때때로 내가 맞는 길로 가는 건지 의심되는 순간에는 '만약 그들이라면 어떻게 생각하고 결정할까?' 메소드 연기를 하듯 질문하면서 헤쳐 나갔다.

바라는 모습대로 모든 일을 이루지 못할 때도 있었지만 결과적으로는 내가 동경하는 사람들이 갔던 길을 비슷하게라도 걷게 되었다. 살면서 새로운 역할을 맡아야 할 때가 또 온다면 나는 다른 롤 모델을 자연스럽게 알게 될 것이다. 그리고 그들을 동경하는 마음에 스스로 용기를 얻어 그들과 비슷하지만 다른, 나만의 길을 걸어가게 되지 않을까.

버티기라는
소중한 근력

지난 날들을 돌아봤을 때 내가 잘했다고 생각하는 것 중 하나는 다양한 사람을 경험해본 것이다. 인간관계에서 크고 작은 상처들도 있었고, 외향적이면서도 마음 한구석에 소심한 면도 있는 성격이라 대인관계가 쉽지 않았다. 사람 대하는 법에 서툴렀고 실수도 많았다. 외향형 행세를 하며 사람들을 만나고 나면 내 행동을 하나하나 곱씹으면서 후회하기 일쑤였고, 혼자만의 시간이 부족해 내가 더 깊어지지 못한 거라고 자책하기도 했다. 하지만 관계를 소중하게 생각하려는 마음, 좋아하는 사람들에게 진심을 다하려고 노력한 것은 변함이 없다고 자부한다.

궁금한 게 있으면 언제든 차 한 잔을 하면서 물어볼 수 있는 사람들이 곁에 있고, 집에 초대해 요리해주며 수다를 떨고 싶은 사람들이 있다는 사실이 나의 삶을 풍요롭게 한다. 인생의 후반부에 접어들었을 때 나에게 남는 것이 무엇일지 생각해보면 그동안 만났던 사람들, 그들과 보낸 시간일 것이다.

그리고 무엇보다 내가 잘해왔다고 느끼는 건 일에서 버텨낸 것이다. 사회초년생 시절 회의감으로 가득 찬 나에게 대학 선배가 이런 이야기를 해주었다.

"여태까지는 한 사람이 한 직업으로 살다가 은퇴하는 세상이지만, 앞으로는 한 사람당 평균적으로 6개의 직업을 경험하게 된대. 게다가 은퇴라는 개념도 없어진대. 너는 이제 겨우 한두 가지 일을 했을 뿐이야."

이것도 해보고, 저것도 해본 나는 그저 휘청이기만 한다고 생각했다. 한 분야의 전문가가 되어 은퇴할 때까지 꾸준히 일할 자신이 없었던 나에게 선배의 말은 큰 위로가 되었다. 방송국을 퇴사하고 프리랜서로 전향해도 잘할 수 있었다. 지금도 마찬가지다. 한 우물만 파다가 결국 커리어를 망친다고 해도 다시 도전할 수 있는 다른 일들이 있다고 믿는다. 마치 배우가 다음 배역을 맡아 새로운 사람으로 변모하듯 나에게도 새로운 삶을 살 기회가 있을 거라는 희망이 마음속에 남아있다.

하고 싶다는 마음만으로는 버티기 힘들 때마다, 도망치고 싶을 때마다 선배의 그 말 하나를 붙들고 견뎠다. 인생에는 얼마든지 다양한 일이 있다는 말이, 오히려 내가 멈추지 않을 수 있는 용기가 되었다. 그렇게 **버티며 생긴 일의 근력은 나에 대한 자부심이 되었다. 나는 무엇이든 할 수 있고 힘들어도 이겨낼 수 있는 사람이라는 믿음이 생겼다. 그렇게 앞으로의 기반이 끊어지지 않을 수 있었다.**

선택의 갈림길에 섰을 때 과거의 나는 '얼마나 좋은가'보다 '얼마나 후회하지 않을지'를 기준으로 삼았다. 때때로 어떤 시점에 묶여 '이랬다면 어땠을까', '그때 그러지 말았어야 했는데'처럼 의미 없는 상상을 하며 시간을 보내기도 했다. 그러나 후회에는 아무런 힘이 없다. 인생은 영화나 드라마처럼 내가 기획하고 대본을 쓴 대로 만들어지는 창작물이 아니다.

나의 경험 중 어느 하나라도 겪지 않았다면 지금의 내가 될 수 없을 것이다. 처음에는 다 똑같았던 가죽 지갑이 세월이 지나며 주인의 손때가 묻고 길이 들여져 결국 고유한 물건이 되는 것처럼, 흠집도 나를 나답게 만들어주는 요소가 된다.

그래서 점점 뜻대로 살아지지 않는 인생에 오히려 감사함을 느낀다. 내 생각대로만 되지 않아서 많이 배울 수 있었고, 시련을 겪어서 깊어질 수 있었다. 그렇게 지나온 길에는 나를 아끼는 사람들과 앞으로 더 전진할 수 있는 인생 근력이 남았다. 예측하지 못한 일들이 예측하지 못하는 시기에 찾아오기 때문에 계획을 촘촘하게 세우는 일에만 몰두하지 않고, 그 대신 '어떤 자세로 인생을 살아야 할지'를 더 고민하는 어른이 되어가고 있다.

인생 스킬 노트

❋ 힘들 때 마음의 근육을 키우는 문장들 ❋

- ☑ 지금 힘든 것은 내가 발전할 기회다.
- ☑ 시련을 겪으면 시야가 더 넓고 깊어진다.
- ☑ 고생 뒤에는 성장이 남는다.
- ☑ 일은 영원하지 않다. 몰입할 수 있을 때 하자.
- ☑ 나의 초심은 어땠는지 돌이켜보자.
- ☑ 힘들수록 잘하고 싶다는 증거다. 이 마음을 땔감으로 삼자.
- ☑ 사람이기 때문에 늘 잘할 수는 없다.
- ☑ 하기 싫고 힘든 게 원래 일의 본질이다.
- ☑ 너무 연연하지 말고 때로는 한 발짝 물러나보기도 하자.
- ☑ 시간이 켜켜이 쌓인 후의 더 멋져질 나를 상상한다.
- ☑ 기로에 섰을 때 '얼마나 후회하지 않을지'를 기준으로 삼는다.
- ☑ 잘 버틴 스스로를 장하게 여길 날이 온다.

흔들리지 않는

삶의 태도

나를 일으켜 세우는 것은 나뿐이다.

고생 끝에 낙이 온다는 말처럼

때로는 무너지고, 다시 일어나면서

우리는 결국 성장한다.

'내 인생의 1번은 나.'

있는 그대로 나를 긍정하고

아껴주는 마음을 가진다면

마침내 나로서 바로 서게 될 것이다.

찬란하게 빛날 당신의 무한한 힘을 믿는다.

인생은 한 번이지만
수정할 기회는 있다

인간은 도전할수록 성장한다. 도전에 성공하든, 실패하든 경험치가 적립된다. 항상 새 아이디어를 떠올리고 현실화하는 크리에이터로 일하다 보니, 주변은 나처럼 다양한 일을 도모하는 사람들로 가득하다. 사업가로서 기존의 모토는 유지하고 방향과 전략을 수정해 더 크게 성공한 사람들도 많다. 그들을 보며 나도 크리에이터로만 남기보다 그다음 일도 하고 싶다는 생각을 몇 년간 가슴에 품고 있었다.

그러던 중 콘텐츠 제작을 위해 구글 여성 스타트업 모임에 참석해 아시아 스타트업 대표들을 만날 기회가 생겼다. 스타트업이라고 하면 IT 관련된 신기술을 가진 회사가 대부분일 거라고만 생각했다. 막상 살펴보니 소상공인 마케팅, 대학 입시, 가사 도움, 예술 등 일상생활의 다양한 분야가 있었다. 해당 업계와 소비자 사이의 서비스 개선점을 찾아 틈새시장을 노리듯 사업으로 발전시킨 그들의 모습이 나에게 큰 영감이 되었다.

무엇보다 나를 설레게 한 것은 그들의 목표가 '타인을 이롭게 하는 것'이라는 사실이었다. 내게만 좋은 것이 아니라 나아가 모두에게 좋은 일이 있다면 더욱 보람찰 것 같았다. 그래서 머릿속으로만 품었던 사업모델을 가시화해야겠다고 생각했다. 그리고 시장조사부터 시작했다. 사업 아이템에 대한 니즈가 얼마나 있는지, 수익은 발생할지, 운영은 어떻게 해야 하는지 등 몇 달 동안 알아봤다. 그런데 아뿔싸. 사람 생각은 다 거기서 거기였던 것일까. 내가 시작하려 했던 사업은 이미 수많은 사람이 하고 있었다. 게다가 소리 소문도 없이 사라지거나 엄청난 경영난을 겪고 있는 경우가 많았다. 진입장벽이 너무 낮아 누구나 쉽게 시작할 수 있을뿐더러 돈이 벌리는 일이 아니었다.

게다가 현실적으로 새로운 일을 벌리기에 여력이 부족한 상황에 처했다. 사업에서 가장 중요한 것은 일을 시작하는 나 자신이 얼마나 시간과 에너지를 쏟을 수 있을지 여부일 텐데, 다른 것들은 계산하면서 내 노동력은 미처 생각하지 못했다. 창업을 한다는 것은 일과 삶의 공존이라기보다 내 삶을 일에 통째로 던져 넣는 것에 가까웠다. 당시 내가 할 수 있는 일은 아님에 분명했다.

문제는 새로운 사업을 시작할 거라고 주변에 알려왔기 때문에 마음의 짐이 남아 쉽게 포기하기가 어려웠다. 망하더라도 금전적 손해가 크지 않을 것 같으니 그냥 도전해볼까 싶었다. 도전했다는 사실 자체만으로 만족할 수 있을 것 같았다. 안정 지향적인 나의 성향과 반대로, 성공과 실패가 보장되지 않는 상황에서 과감하게 도전하는 것에 대한 동경도 있었다. 하지만 결국 마음을 다잡았다. 될 것 같은 일을 열심히 하다가 실패한다면 배울 점이 있겠지만, 확률이 낮은 일에 달려든 불나방의 끝은 파멸이라는 것을 자각했다.

몇 달간 시장조사를 하느라 시간을 허비한 것은 뼈아픈 일로 남아있다. 나의 아이디어가 레드오션에 대박 아이디어는 아니었지만 어떻게 풀어나가느냐에 따라 괜찮은 성과를 얻을 수 있다고 생각했기에 아까운 마음이 들었지만, 훌훌 털어버리기로 했다.

살면서 우리는 인생의 전략을 수정해야 할 때를 만난다. 이미 써버려서 회수하기 어려운 매몰 비용을 따지느라 많은 사람이 상황을 잘못 판단하는 경우가 많다. **아니라고 생각하면 벗어날 줄도 알아야 하지만 포기하지 못하는 이유는 '두려움' 때문이다.** 잡고 있는 것을 놓치고 나면 내가 아무것도 아닌 사람이 될까 봐, 다시는 영감이 떠오르지 않고 열정이 생기지 않을까 봐 걱정하는 것이다.

마치 나쁜 연인을 만나면서 헤어지지 못하는 심리와 비슷하다고 해야 할까. 나에게 너무 나쁜 사람인 걸 알지만 여태까지 만났던 시간이 아깝고, 이 사람과 헤어지면 이만한 사람은 다시 못 만날 것 같은 두려움 때문에 꾸역꾸역 관계를 지속하는 것처럼 말이다. 관계도 그렇지만 도전이나 꿈도 과감히 내려놓아야 할 때가 분명히 있다.

개척정신으로 무장한 도전도 멋지다. 그러나 여러 가지 현실적인 상황을 고려해서 나에게 가장 이롭고 행복한 길을 선택하는 것 또한 멋진 일이다. 기나긴 인생, 삶의 방식을 수정할 기회를 주는 것도 내가 더 잘 살아가기 위한 방법이다.

유튜브 〈말많은소녀〉 채널
포기해도 괜찮은 이유

인생 스킬 노트

※ 언제든 다시 일어설 용기를 주는 위로의 말들 ※

☑ 나는 나답게 다양하고 새로운 것에 도전할 거야. 휩쓸리지 않고 내 방식대로 쌓아가는 행보가 멋져.

☑ 무작정 뛰어드는 것도 방법이지만, 현실적으로 생각해서 내가 가장 행복할 수 있는 합리적인 길을 찾는 것도 좋아.

☑ 아무리 장점이 크다고 해도 내가 극복하지 못할 단점이 있다면 과감하게 내려놓는 것도 인생을 살아가는 방법이야.

☑ 인생은 생각보다도 더 길어. 나 자신에게 너그러워지고 좀 더 많은 기회를 주자.

잘된 사람들에게
꼭 묻는 것들

유튜버가 되어 좋은 점은 다양한 분야의 사람들을 접할 기회가 많다는 것이다. 그 말은 즉, 성공한 사람을 만날 일도 꽤 많다는 것이다. 더욱이 자기계발 콘텐츠를 많이 만드는 나는 주체적으로 자신의 삶을 개척해나가는 사람들과 인터뷰할 기회가 종종 생긴다. 으레 성공했다고 칭송받으면 안주하고 편안하게 살아도 될 법한데, 그들은 뭐든 적당히 하지 않고 땔감을 찾아 열정을 불태웠다. 그리고 더 승승장구했다. 마치 성공 가속도의 법칙이라도 적용되는 것처럼. 그들을 달리게 하는 원동력이 무엇인지 늘 궁금했다. 그들에게는 다소 뻔할 수도 있는 수많은 사람에게 들은 질문이겠지만, 자기 분야에서 잘된 사람들을 만날 때마다 나도 이것만큼은 꼭 물어본다.

그중 내 인생의 태도, 일에 대한 생각을 바꾸게 만든 하나의 대답이 있었다. 오랜 시간 많은 사랑을 받는 유튜버였고 당연히 수익도 어마어마했다. 같은 업계에 종사하는 사람으로서, 농담조로 돈을 많이 벌어 부럽다는 말을 건넨 사람들에게 그는 이렇게 대답했다.

"저는 제가 일한 것에 비해 돈을 많이 벌었다고 생각하지 않아요. 어떤 일을 해도 이만큼 했으면 돈을 많이 벌 수밖에 없었을 거예요. 몇 년 동안 정말 열심히 했어요. 아침부터 밤늦게까지 영상 만드는 것에 몰두했고 늘 공부했어요. 너무 힘들었죠."

"어떻게 그렇게 열심히 할 수 있었나요?"

"좋아하는 일이어서 가능했던 것 같아요. 그냥 좋아서 그렇게 힘들어도 버틸 수 있었어요."

그저 일을 하는 내 모습에 만족했던 내 머릿속을 띵, 하게 울린 말이었다. 내가 하는 일이 소름 돋을 정도로 좋진 않더라도 주어진 일에 최선을 다했으니까 충분하다고 생각해왔던 나, 그러면서도 운 좋게 일이 잘되어 너무 애쓰지 않고 적당히 잘됐으면 좋겠다고 생각한 나의 태도가 부끄러워지는 순간이었다.

끝의 끝까지 가본 사람만이 저렇게 자신 있게 말할 수 있을 것이다. 잘되는 사람들은 단순히 흥미가 있거나 잘한다는 개념에서 끝나지 않고 '힘든 순간을 이겨내고 계속할 수 있을 정도로 좋아하는 일'을 했고, 그게 성공의 핵심이었다.

성공한 사람이 일을 대하는 태도는 인생을 대하는 태도와 같다. '힘들어도 이겨내고 계속할 수 있을 정도로 잘 살고 싶은 욕망이 있는가. 그렇다면 조금 더 버텨보자. 결국 나는 잘 살 수 있다.' 이렇게 말이다.

아이폰을 세상에 탄생시킨 천재, 스티브 잡스의 말을 떠올려본다.

"잘된 사람들의 공통점은 일이 잘 풀리지 않을 때도 그 일을 사랑한다는 것에 있습니다."

이런 사람은
되지 말자

나는 사람들을 만날 때 평가적인 태도 대신 수용적인 태도로 타인을 받아들이려고 한다. 상대방의 행동을 곱씹거나 숨은 의도를 파헤치려고 하는 건 피곤한 일일뿐더러 나의 괜한 짐작일 때도 많기 때문이다. 다른 사람의 생각과 행동은 내가 어찌할 수 있는 영역이 아니기에 그들 나름대로 이유가 있겠지, 그럴 수도 있겠구나 하는 마음으로 넘기는 것이 편했다. 하지만 속단하지 않으려고 하는데도 거리를 두게 되는 사람들을 마주할 때가 있다. 나에게 해가 되는 유형의 사람들까지 수용할 필요는 없다. 그런 사람들을 보면 굳이 불쾌함을 표현하기보다 오히려 평소 나의 태도를 돌아보게 된다. 그리고 '저런 사람은 되지 말아야지' 하며 반면교사로 삼는다.

1. 자기 행복이 우선인 사람

자신의 결핍과 불행을 무기로 삼아서 상대방까지 자신의 뜻대로 휘두르려는 태도를 지닌 사람들이 있다. 남의 권리를 침해하기도, 남의 것을 쉽게 빼앗으려 하기도 한다. 그 심리의 기저에는 '나는 불쌍한 존재니까 잘 먹고 잘사는 저 사람의 행복을 조금 나눠 가져도 괜찮을 거야' 같은 자기 연민이 깔려있다. 자신의 인생이 소중하고 행복을 갈망하는 만큼 다른 사람들 역시 같은 욕망을 가진 존재임을 알지 못하는 것이다.

이런 사람들과 처음 관계를 이어 나갈 때는 그 사람의 아픔에 마음이 쓰이고, 그럼에도 불구하고 잘 살아가는 모습을 응원하게 되었다. 상처가 때로는 강력한 삶의 동기가 되는 것을 보며 사람은 역경을 겪을수록 강해진다는 말이 맞는 건가 생각하기도 했다. 그러나 과유불급이라는 말처럼 정도가 지나쳐서 자신의 결핍이나 상처가 모든 행동에 대한 변명이 되는 순간 그 관계는 더 이상 건강하지 않은 관계가 된다.

2. 핑계가 많은 사람

모든 일에는 이유가 있다. 그런데 신기한 점은 무언가를 해내는 사람에게는 그것을 '해야 할 이유'만 있고 무언가를 시작하지도 않은 사람에겐 내가 그 일을 '하면 안 되는 이유', 그러니까 핑계가 있다. '그래봤자 안 될 거야'라고 말하는 경우가 많지 않은가. 그럴싸한 핑계를 대며 이른바 정신 승리를 하는 습관은 다음 단계로 나아갈 수 있는 가능성을 없애버린다. 시간이 걸리더라도 나아질 거라는 생각으로 끝까지 해보려는 사람과 바로 포기해버리는 사람은 천지차이다.

3. 부정적인 태도로 일관하는 사람

누구를 만나도, 무엇을 해도 'No'를 외치는 사람이 있다면 그와 계속 만나고 싶을까? 어떤 말을 해도 어차피 싫다고 할 텐데 부정적인 사람과 계속 대화할 가치가 있을까? 부정적인 태도를 가진 사람은 마이너스 사고법을 가지고 있다. 어떤 일을 도모할 때 될 거라고 의욕을 불태우며 방법을 찾아도 성공할지 미지수인데, 처음부터 안 될 거라고만 한다면 일이 될 리가 없다. 이런 유형의 사람들은 대부분 대안 없이 반대하는 의견만 내세우기도 한다.

부정적인 태도와 비판은 다르다. 부정적인 것은 일말의 가능성조차 배제한 채 무조건 틀렸다고 하는 것이고, 비판적인 것은 옳고 그름을 판단하려는 태도다. 비판적인 태도는 인생을 살면서 위험을 감지하고, 자신을 객관적으로 보게 하는 도구가 되기도 한다. 그러나 부정적인 것은 최악의 상황만 생각하는 태도이기 때문에 자신에게 오려는 긍정적인 일조차 튕겨내게 한다. 비판적인 사람과 대화하면 미처 생각하지 못했던 피드백을 들으며 고민해볼 여지를 얻게 되지만, 매사 부정적인 사람과 이야기하다 보면 모든 게 안 될 일처럼 느껴지고 기운이 빠져 도리어 스트레스를 받는 기분이 든다.

이런 사람은 피하고, 저런 사람은 가까이하라는 조언이 비인간적으로 느껴질 때도 있다. 인간관계라는 게 꼭 내 입맛에 맞는 사람들과 함께했을 때만 의미가 있는 것은 아니기 때문이다. 나와 다른 사람들을 만나서 배우기도 하고 자신을 돌아보기도 하면서 어울려 사는 능력이 '사회성'의 본질이기도 하니까.

하지만 사람과 사람은 서로에게 많은 영향을 주고받는다. 내가 만나고 있는 사람 5명의 평균이 나라는 말이 있는 것처럼 주변 사람이 누구냐에 따라 감정, 태도, 마음가짐이 달라지는 것은 물론 무엇을 먹을지, 어디를 갈지 등 실질적인 선택지도 달라진다. 나는 유유상종이라는 말을 믿는다. 내가 감당할 수 없는 범위의 사람과 지속적으로 만나 삶이 계속해서 내가 원치 않는 방향으로 흐르게 된다면 그 관계는 건강하지 않다.

우리는 더 나은 삶을 위해 어떤 사람을 가까이해야 할까? 그리고 나는 어떤 사람이 되어야 할까?

나의 인생, 나의 주변인을 위해 한 번쯤 꼭 스스로에게 질문해보길 바란다.

인생 스킬 노트

✲ 됨됨이가 좋은 사람은 이것이 다르다 ✲

☑ **타인의 행복을 존중한다.**

자기 연민에 휩싸이지 않는다. 자신의 인생이 소중한 만큼 타인
도 같은 욕망을 가진 존재임을 인지하며 남에게 상처주지 않으
려고 행동한다.

☑ **핑계를 대지 않는다.**

사람은 누구나 실수할 수 있다. 긍정적인 태도를 가진 사람은 변
명하지 않는다. 하지만 쉽게 포기하는 사람은 '해봤자 안 된다'고
생각하기 마련이다.

☑ **'Yes' 지향적이다.**

무슨 말을 해도 부정적으로 반응하는 사람과는 대화를 이어나
가기 어렵다. 부정적인 태도와 비판은 다르다. 무조건 예스맨이
되어야 한다는 것이 아니라 최악의 상황만 생각하지 말자는 것
이다.

행동으로
증명하는 사람

"사랑은 무성영화처럼 하라."

나에게 연애 고민을 나누던 친구가 남긴 말이다. 소리를 끈 채 그 사람의 행동을 보면 진심이 보인다는 것이다. 자신을 헷갈리게 하는 사랑 앞에서 그녀는 이별을 선택했다. 소리를 빼고 보니 달콤하게 사랑을 말하던 그가 결국 말뿐이었음을 알았다고 했다. 비단 연애에만 적용되는 말은 아니다. 인생도 무성영화라고 생각하고 보면 관점이 많이 달라진다.

그날 이후 나는 종종 사람들과 만날 때나 일할 때 제3자가 무성영화를 감상하듯 관찰하는 습관이 생겼다. 사람은 겪어봐야 아는 것이고, 일도 직접 해봐야 안다. 초반의 좋은 이미지로 상대방을 판단할 수 없다고 생각한다. 말로는 모든 일을 할 수 있을 것처럼 하지만 막상 겪어보면 말뿐인 사람도 있고, 근태부터 엉망인 사람도 있다. 반면에 조금 까다롭거나 무뚝뚝해도 일하기 좋은 사람이 있었다. 정말 잘하는 사람은 자신을 길게 설명하지 않는다. 그냥 행동으로 보여주면 되니까 말이다.

게다가 사회생활을 하면서 자신의 계획이나 꿈을 실천에 옮기지 않고 말로만 늘어놓는 사람을 보면 은연중에 신뢰하기 어려운 사람이라는 평가를 받을 수 있다. 하지 않은 일들에 대해, 증명할 수 없는 것들에 대해 말하면서 굳이 실없는 사람이 되기를 자처할 필요는 없을 것이다. 잡지사에 에디터로 일하는 한 선배는 이렇게 말했다.

"나를 만나면 장래 희망이 에디터래. 뭘 준비해야 되냐고 물어보더라고. 여태까지 쓴 글을 가져와보라고 하면 다들

꿀 먹은 벙어리가 돼. 에디터가 되고 싶은데 막상 글을 안 써본 거야. 그냥 하고 싶은 마음만 말한 거지. 그러면서 자신이 꿈을 향해 달리고 있다고 여겨. 소설가가 되고 싶으면 되고 싶다고 말할 게 아니라 소설을 써봐야지. 가수가 되고 싶으면 노래를 이미 부르고 있어야 하는 거고."

냉정하지만 반박할 수 없는 말이었다. 나도 그동안 말로만 떠들고 있지 않았나 돌이켜보게 되었다. 드라마 작가가 되고 싶다고 하면서 대본을 한 회도 완성해보지 못한 나, 부자가 되고 싶다면서 내키는 대로 소비했던 나, 건강에 신경 쓸 때가 됐다면서 야식 먹는 습관을 버리지 못한 나. 그동안 후회가 남은 일들을 떠올려 보니 하고 싶다고 말만 하고 막상 끝까지 실천하지 못했던 게 너무 많았다.

나뿐만이 아닐 것이다. 많은 사람이 '하고 싶다'고 말하며 위안으로 삼거나, 실제로는 아무것도 하지 않으면서 자신은 열심히 꿈꾸고 있다고 착각하고 있던 건 아닐까. 말에는 실천이 따라야 한다는 것을 깨달은 후 나에게 소중한 것일수록 신중하게 이야기하게 되었다. 그리고 내뱉은 말은 어떻게든 지키려고 한다. 나에게도, 인간관계에서도, 일할 때도 남는 것은 말이 아닌 행동이었으니까. 인생에서 후회할 일을 만들지 않을 방법은 내 생각을 실행에 옮기는 것이다.

위기를 헤쳐
나가는 법

매 순간 스스로를 점검하며 살아왔지만 그럼에도 저지른 실수들이 있고, 때아닌 오해를 받아 나쁜 사람으로 몰리거나 잘못을 나 홀로 뒤집어쓴 일들이 있었다. 나만의 일이 아니다. 얼마나 크고 작으냐의 차이일 뿐 살다 보면 누구나 불가피하게 위기를 마주하게 된다. 사람은 이런 고비를 겪을 때 민낯이 드러난다. 여유로움과 평온함이라는 코팅이 벗겨지고 난 후에야 비바람에도 변함없는 사람인지, 금세 부식되어버리는 사람인지 알 수 있다. 위기는 그 사람을 제대로 알아볼 수 있는 기회다.

〈품위있는 그녀〉라는 인기 드라마를 애청하던 때였다. 주인공 우아진은 아름다운 미모와 세련된 감각을 지닌 사람으로 재벌가 며느리가 되어 남부럽지 않은 인생을 산다. 그러다 남편이 외도하게 되며 단란한 가정과 막대한 재산 등 가진 것을 모두 잃을 처지에 놓인다. 하지만 그녀는 어떤 상황에서도 감정적으로 후회할 만한 행동을 하지 않는다. 용의주도하게 수를 두어 '사필귀정'이 무엇인지를 보여준다. 그녀는 결국 이혼하고 그 집에서 나온다. 가진 게 없었지만 그럼에도 그녀는 아무것도 잃지 않은 사람처럼 당당하게 다시 자신의 삶을 꾸려간다.

친구 B 역시 그런 사람이었다. 풍족한 환경에서 살던 B의 집에 위기가 드리워 전 재산이 거의 날아간 일이 벌어졌다. 게다가 법적 분쟁까지 겪어야 했다. 세상 물정 모르고 곱게 산 캐릭터였던 친구라서 주변의 걱정이 컸다.

하지만 그녀는 우리의 예상과는 다른 행보를 보였다. 며칠

간 경황없이 슬퍼하더니 금세 마음을 다잡았다. 날마다 술을 마시며 보내지도 않고, 집에만 있지도 않았다. 주변에 자신의 불행을 하소연하지도 않았다. 그동안 하고 싶은 일이 있었는데 지금이 해볼 때인 것 같다면서 안목을 활용해 사업을 시작했다. 값비싼 PT 대신 한 달에 2만 원을 내면 가능한 저렴한 헬스장에 다니거나 돈이 들지 않는 운동을 하며 건강을 관리했다.

친구는 무너지지 않았다. 오히려 멋지게 독립을 해내며 다시 설 수 있었다. 그녀가 성공적으로 재기할 수 있던 데에는 주변인의 도움도 컸다. 친구가 여유롭게 살던 때, 주변 사람들을 잘 챙겼기에 위기에 처해도 그녀를 모르는 체하는 사람이 없었다(인맥 관리가 아니었다). 그녀의 불행을 잠시 가십거리 삼던 사람들도 당당한 그녀의 태도에 더는 뒷이야기를 하지 않았다. 형편이 나아지면서 자신에게 도움을 준 사람들에게 보답하기를 잊지 않았다. 그녀는 지금도 작은 사업을 하며 가족을 건사하고 있다. 마냥 공주님처럼 살던 과거보다 자신의 손으로 모든 것을 일구며 사는 지금이 더 소중하다고 말한다.

친구가 가진 인간성이 스스로를 살렸다. 돈보다 중요한 재산이었다. 작아지고 주눅 들 수 있는 상황에서도 존엄함을 지키며 씩씩하게 제자리를 찾아가는 이들. 나도 이렇게 위기에서도 여전히 자신을 잃지 않는 사람들처럼 되고 싶었다. 안타깝게도 나는 불행이 찾아왔을 때 잘 이겨내지는 못했던 것 같다. 공격적일 때도 있었고, 한없이 작아질 때도 있었으며 필요 이상으로 나의 바닥을 드러낸 적도 있다. 그래서 불행이 지나간 후에도 내가 드러낸 나쁜 이미지를 만회하는 데도 시간이 걸렸다. 그래서 어떤 순간에도 흔들리지 않는 자신의 진정한 모습을 아는 것이 중요하다. 상황이 어려워졌을 때 나의 모습을 잃어버리지 않으려면 내가 어떤 사람이고, 어떻게 살 것인지 평소에 고민하는 연습이 필요하다. 불행이 찾아오는 건 내 힘으로 바꿀 수 없지만 불행에서 빠져나오는 선택은 나만이 할 수 있으니까.

인생 스킬 노트

⁂ 삶의 위기에서 필요한 태도 3가지 ⁂

---

① 인간성

평소 주변 사람을 잘 챙기면 내가 베푼 만큼 돌아오기 마련이다.
사람은 웬만해선 보답을 잊지 않는다.

② 객관성

자신의 상황을 가장 먼저 파악하고, 무엇부터 해야 위기 상황을
극복할 수 있을지 차근차근 정리해나간다.

③ 독립성

자신의 불행을 한탄하지 않고, 자기 연민에 빠져 두문불출하지
도 않는다. 나 자신을 먼저 바로 세워야 불행에서 빠져나오는 선
택도 하는 법이다.

관계는
이렇게 정리된다

삶이 하락세를 타고 있을 때 내리막에서 등을 떠미는 것 중 하나가 '배신감'이라는 감정이었다. 내가 반짝일 때는 바라지 않았던 호의를 베풀며 어떻게든 나와 가까워지려 노력하던 사람들이, 내가 잘 안 될 때는 언제 그랬냐는 듯 흔적도 없이 사라졌다. 어렵게 건넨 작은 부탁에는 이런저런 핑계를 담은 거절의 말이 돌아왔다. 조금 더 솔직한 사람들은 내가 어떤 상황에 처했는지 또렷하게, 뼈 아픈 말로 지적해주기도 했다.

드라마 〈나의 아저씨〉에서 주인공의 형은 정리 해고를 당한 50대 백수다. 그는 22년간 다니던 회사에서 퇴직한 후 자신의 딸의 결혼식에 딱 2명만 참석한 일을 겪고는 대기업에 다니는 동생에게 절규하듯 말한다.

"너, 어떻게든 회사에 꼭 붙어있어야 한다. 엄마가 돌아가시기 전까지는. 불쌍한 우리 엄마 장례식에 제대로 된 화환이라도 박혀 있고 쪽팔리지 않을 만큼 문상객들 채우려면."

남일 같지 않은 장면이었다. 나 역시 아나운서로 일할 때 수많은 사람에게 협찬이나 동업 등을 제안받다가 퇴사하고 나니, 그런 인연들이 국수 가닥이 끊기듯 뚝뚝 끊기는 것을 경험했다. 누군가는 나라는 인간 자체보다 나를 통해 얻을 수 있는 콩고물을 더 많이 본다는 걸 깨달았다. 한편, 별로 친분이 없는 사람들이 나의 경조사를 챙겨주는 것을 보고 내가 사회생활을 잘하고 있는 게 맞구나 확신하기도 했다. 관계는 이렇게 정리되고 있었다.

삶의 오르막과 내리막을 겪다 보면 피상적인 인간관계에 대해 현실적이고 냉소적으로 바라보게 되는 것도 당연하다. 우리가 꾸려가는 관계 중 함께할 때만 유효한 관계들이 분명히 존재한다는 것을 배우기 때문이다. 하지만 역설적이게도 나는 인간관계에서 상처받거나 회의감을 느낄 때 또 다른 관계로 치유받곤 했다.

밖에서 모진 말을 듣고 귀가하면 다정한 얼굴로 밥을 차려주는 엄마에게서 내일을 다시 살아갈 힘을 얻고, 모두가 불신의 눈으로 나를 바라볼 때 내 어깨를 툭툭 두드리며 나를 믿는다고 말하는 아빠에게서 용기를 얻는다. 모든 게 사라지더라도 너 하나만은 내가 건사하겠노라며 나를 안아주는 남편에게서 안도감을 느끼고, 내가 별 볼 일 없는 사람이 된 것 같은 날에 보고싶다고 메시지를 보내주는 친구들에게서 위로를 받는다.

이해관계에 얽히지 않은 이들이 나에게 쏟는 애정은 상처를 아물게 해주었다. 나이가 들수록, 힘든 일을 겪을수록 조건 없이 있는 그대로 나를 봐주는 사람들의 귀함을 배우고 있다. 인간관계에서 진심은 배신하지 않는 법이다. 나는 내가 받은 것보다 그들에게 더 큰 마음을 쏟게 된다.

책《세상에서 가장 긴 행복 탐구 보고서》에 실린 여러 실험 결과를 보면 인간이 행복하기 위한 가장 큰 조건은 다름 아닌 '관계'임을 알 수 있다. 자신이 무엇을 성취했는지, 얼마나 가졌는지는 어느 시점부터 급격히 가치를 잃게 되고 삶의 후반부로 갈수록 좋은 관계 속에 있는 것이 행복에 큰 영향을 미친다는 것이다.

혼자만 잘하면 알아서 사람들이 따를 거라고, 인간관계에 쏟을 힘이 없다는 나의 치기 어린 모습은 실은 굉장히 편협한 생각이었을지도 모른다. 나를 대가 없이 사랑해주는 사람들 사이에서 그에 못지않게 사랑을 베풀며 사는 것, 그것이 나의 새로운 마음가짐이다.

인생 스킬 노트

✲ 건강한 인간관계의 초석을 다지는 법 ✲

- ☑ 대가 없는 애정을 건넸을 때, 마찬가지로 대가 없는 마음을 돌려주는 이들에게 더욱 베푼다.

- ☑ 내가 상승세일 때와, 잠시 주춤하는 때에 어떤 사람이 다가오는지 구분한다.

- ☑ 가까이에서 함께할 때만 유효한 관계가 있다는 것, 시절인연이 있다는 것을 인정한다(지나간 인연을 너무 붙잡으려 하지 않는다).

- ☑ 누군가에게 상처받았다면 거꾸로 다른 사람과의 건강한 대화로 위로받을 수 있다.

- ☑ 콩고물을 바라기보다 나라는 인간 자체를 살펴봐주는 사람들에게 집중한다.

- ☑ 나의 울타리에 들어온 사람들에게는 관계가 끊어지지 않도록 노력한다.

주도권을
존중해야 하는 이유

어른이 되어 절실히 깨달은 것 중 하나는 내 인생은 결국 내 몫이자 내 책임이라는 것이었다. 누구도 나를 대신해서 살아줄 수 없다. 특히 인생의 문제가 중요하면 중요할수록, 고민이 깊을수록 타인이 나에게 해줄 수 있는 것은 조언과 위로일 뿐, 무엇을 결정해주거나 그 결과를 책임져줄 수 없다.

예전에는 다른 사람의 일에 적극적으로 관여하고, 똑같은 고민도 반복해서 들어주며 함께 고민했다. 하지만 사회인이 되어서는 내 일과 내 가족을 챙기기에도 정신없었다. 시간과 에너지의 방향이 대부분 내게로 오면서 더 이상 타인의 일에 앞장서는 일이 줄어들었다.

원망하는 목소리를 듣기 힘들어진 이유도 있었다. 물에 빠진 사람을 구해주면 보따리 내놓으라고 한다는 옛말처럼, 평소엔 좋은 사람이었는데 힘든 일에 처하면 판단력을 잃고 자기에게 손을 내밀어준 사람에게 더 해달라고 무례하게 구는 경우가 많다는 걸 깨달았다. 다른 사람의 일에 오지랖을 부린 결과가 나의 의도와 달랐을 때, 모든 게 나의 잘못인 것 같은 부담도 지기 싫어졌다. 이런 감정 소모와는 별개로 결국 사람들은 마음속에 자기만의 답을 갖고 있다. 주변의 조언은 말 그대로 도움이자, 내 생각이 맞는지 확인받고 싶을 때 듣는 말이 된다. 최종적으로 결정하는 사람은 본인이기 때문에 자신의 뜻대로 선택하고 행동하고 책임지게 되는 것이다.

정회도 저자는 저서 《운의 알고리즘》에서 열심히 살지만 안 풀리는 사람들의 공통점 중에 쓸데없는 연민이 있는 경우가 있다고 했다. 본인도 힘들면서 더 힘든 이에게 연민을 느끼고, 그렇다 보니 주변에 안색이 좋지 않은 사람들만 남는다는 것이다. 부정적 감정이 내재된 사람들에게 도움을 주면 고마워하기보다 오히려 원망한다는 내용이었다.

내 딴에는 최선을 다해 도와줬지만, 슬프게도 내 마음이 충분하지 않다고 생각했던 관계들이 떠올랐다. 이내 내가 그들을 도운 이유조차 순수하지 않았을지도 모른다는 생각도 들었다. 전부는 아니지만 마음 한편에는 그들의 어려움에 내가 보탬이 될 수 있다는 효능감과, 그래도 나의 상황이 조금 더 낫다는 우월함이 있지 않았을까 싶다. 나는 그 사람들이 아닌 나를 위해 도운 것이다. 그랬기 때문에 상대방이 고마워하지 않으면 속상했고, 예전만 못한 사이가 되어버리곤 했다.

호의와 도움도 선을 넘지 않아야 한다는 것을 깨달았다. 그게 나를 위해서도, 상대를 위해서도, 우리를 위해서도 옳다는 생각이 들었다. 진심으로 마음 깊이 그 사람의 고민과 아픔에 공감하되, 선택의 여지 그러니까 삶의 주도권을 침범하지 않는 것이 지혜로운 방법일 것이다.

속마음을
오해하지 않을 것

"인생에서 가장 힘들었던 일은?"이라는 질문을 다룬 영상이 있었다. 다섯 살 어린이부터 10대, 20대, 40대, 70대에 이르기까지 다양한 연령대의 사람들이 등장해 자신의 인생에서 가장 힘들었던 점을 이야기하는데 그중 한 할머니의 답변이 기억에 남았다.

"평생 적정 체중을 유지하는 것이 힘들었어요."

복잡다단한 인간의 삶에서 가장 힘든 일이 체중 관리라니, 하지만 아주 이해하지 못할 일도 아니었다. 대부분의 사람들이 의식적으로 중요하지 않다고 생각하고, 입 밖에 꺼내지는 않지만 무의식에서 스스로를 괴롭히는 게 몸에 대한 문제라고 생각했기 때문이다. 맛있는 음식을 먹은 만큼 운동에 어마어마한 돈을 쓰고, 건강을 해치는 것보다 살찌는 것을 더 싫어하는 게 사회의 풍토가 된 것 같다.

나의 마음을 오랫동안 괴롭힌 것도 식욕과 체중이었다. 나는 어릴 때부터 먹는 걸 좋아했고 늘 통통한 내 몸을 미워했다. 게다가 방송국 아나운서로 일했던 당시 준수한 외모는 내가 갖춰야 할 덕목이었다. 날씬해져야겠다는 생각이 식욕을 절제해야 한다는 강박으로 이어졌고, 다이어트는 늘 작심삼일을 반복했다. 더욱이 방송국에서 키에 상관없이 55 사이즈 대여 옷을 입어야 하는 상황에 부닥치자 스트레스는 극에 달했다. 상사들에게 불려가 질타를 받기도 했다. 그렇게 회사에서 체격이 가장 큰 사람이 되어 옷이 맞지 않으면 며칠 동안 조절하고, 옷이 겨우 들어가면 또 폭식하는 삶이 2년쯤 지속되자 이 마음의 싸움은 내가 이길 수 있는 게 아니라는 것을 깨달았다.

식욕을 참을 수 있다고 생각한 것은 나의 오만이었다. 식욕을 수면욕과 같은 선상에 있다고 가정해보자. 누구도 평생 최소한의 시간만 자면서 온전히 생존할 수 있다고 생각하지 않는다. 그러면서 다이어트는 계속할 수 있다고 믿는 오류를 범한다. 생존 욕구는 말 그대로 본능이다. 나의 의지만으로는 완전히 없앨 수 없다.

이후 방송국을 퇴사하면서 내 몸에 대한 자격지심을 어느 정도 벗어던졌다. 매일 관리해야 하는 타의적 의무에서 벗어나니 내 몸의 단점도 단점으로 인식하지 않게 되었다. 환경이 바뀌면서 비로소 나를 미워하는 마음도 줄어들어 정신건강을 되찾았다. 나는 내게 있는 솔직한 욕망을 인정하고 스스로를 이해하게 되었다. 그래서 유튜버로 활동할 때도 외모를 평가하는 댓글에도 의연하게 넘길 수 있었다. 그렇게 사회가 바라는 아름다운 몸에 대한 강박도 점점 사라져갔다.

탈(脫)다이어트를 하니 폭식할 일이 없어서 오히려 다이어트할 때보다 내가 바라던 몸에 더 가까워진 듯했다. 지나친 식탐이 마음의 문제라는 것을 증명해준 꼴이었다. 이후 배고프지 않은데도 자꾸 음식을 찾게 되는 상황이 오면 스스로에게 물어본다. 또 어떤 것이 가슴을 짓누르고 있냐고. 그렇게 가짜 욕망에 가려진 진짜 이유를 찾아내고 원인을 해결한다. 그러면 놀랍게도 비정상적인 식습관이 정상 궤도로 돌아오는 걸 느낀다. 식욕은 생물학적이고 물리적인 것으로는 설명하기 어려운 복잡한 기전으로 움직인다. 어쩌면 무언가에 짓눌려있던 스트레스와 공허함이 식욕이라는 가면을 쓰고 터져버린 것일지도 모른다.

당신에게 내재된 마음의 문제는 무엇인가. 내가 그랬던 것처럼 혼자만의 힘으로 어쩔 수 없는 본능 때문에 괴로워하지는 않는지. 정신건강을 위해서라면 스스로를 괴롭히는 문제를 적당히 외면해도 된다. 세상에는 해결하기보다 피할수록 마음의 짐이 가벼워지는 문제도 있으니까.

나이를 먹으면서
배우는 것들

"눈부시게 성장한다는 말이 뭔지 언니를 보면서 배웠어."

어느 날 지인이 대뜸 이런 말을 했다. 조금 의아했다. 이 친구의 곁에는 나보다 더 성공하고 유명한 친구들이 많은데 어째서 나를 보며 이런 생각을 했을까.

"다른 사람들은 발전했다기보다는 발견된 느낌이었거든. 원래 그런 사람이었는데 세상이 몰라보다가 때를 만난 거지.

그런데 언니는 발전하고 있어. 원래도 좋았지만 매번 더 나
은 사람이 되는 것 같아."

진심 어린 친구의 말에 어떤 사랑 고백을 들었을 때보다
마음이 뭉클해졌다. 요즘 10~20대 사이에서는 사랑받고 자
란 금수저 코스프레가 유행한다고 한다. 태생부터 좋은 조
건을 가지고 태어나야 진짜 성공한 인생이라고 생각하는 풍
조가 만연한 것이다. 고난을 겪으면서 성장하는 캐릭터보다
어려움 없는 모태 금수저 캐릭터에 열광하는 이유는 무엇일
까. 아마 예전에는 노력하면 바뀌는 게 많았지만 지금은 개
인의 노력으로 바꿀 수 있는 것이 별로 없다는 좌절 때문에
타고난 것을 열망하는 것이 아닐까 싶다.

나도 어릴 때는 좋은 환경에서 태어난 친구들을 부러워했
다. 사회적으로 대우 받는 직업을 가진 부모님에, 원하는 것
을 다 가지고 실패는 한 번도 겪은 적이 없어 구김살도 찾아
볼 수 없는 이들. 너무 당연하게 자신의 꿈을 이룰 수 있을
거라 여기며 가벼운 마음으로 도전하는 친구들을 보면 다

른 계급의 사람으로 느껴지기까지 했다.

하지만 나이를 먹을수록, 삶을 조금 더 깊게 이해할수록 생각이 달라졌다. '지금이 너무 좋아서 앞으로 좋아질 게 크게 없는 삶이 과연 행복할까?'라는 생각을 하게 됐다. 수월하게 사는 사람도 있고 힘겹게 사는 사람도 있듯, 인생이 불공평한 게임은 맞지만 그렇기에 모두가 배울 수 있는 것이 다르다고 생각한다. 남들이 보기에 아무리 좋은 처지에 있어도 보이지 않는 곳에서 골머리를 썩이는 경우도 있으며 어렵기 때문에 더 강해지는 사람도 있다. 인생이란 개별적인 것이며, 그 누구의 인생도 만만하게 살도록 설계되지 않았다는 생각이 들었다.

고난과 역경이란 겪을 때는 괴로운 것이다. 그렇지만 분명 더 깊고 넓은 사람으로 자라게 한다. 다시 돌아가고 싶지 않은 힘든 순간도 돌아보면 나를 성장시킨 순간으로 미화할 수 있고, 인생에서 그 시간을 없앤다면 지금의 내 존재도 없는 게 되기 때문이다. 내 인생을 파괴할 만큼이 아니라면 고난과 역경은 반드시 선물을 함께 준다. 고진감래라는 옛말은 틀린 게 없다.

나는 편안함을 누리는 것보다 성장하는 데에서 행복을 느낀다. 그렇기에 내가 너무 뛰어나게 태어나지 않은 사람이라서 성장할 수 있는 여지가 있고, 부족한 부분을 발전시키면서 더 행복할 수 있다고 생각한다. 눈부시게 성장한다는 말이 그 어떤 칭찬보다 기뻤던 이유 역시 내가 성장캐이기 때문일 것이다. 그래서 정말 잘 살아보고 싶다면, 나에게 주어진 완벽하지 않은 것들을 겸허하게 받아들이고 내 힘으로 부족함을 채워갈 수 있음에 감사하자고 말하고 싶다.

'때문에'보다
'덕분에'

저자, 유튜버, 강연자에 이르기까지 활발하게 사회활동을 하니 사람들은 으레 나를 딩크족이라고 넘겨짚었던 것 같다. 사실 나는 반쪽짜리 딩크족이었다. 아이가 생기면 낳을 생각인데 그렇다고 해서 계획적으로 노력하여 낳을 마음까진 없었다. 결혼하고 나서 한참 동안 아이 계획에 적극적이지 않았던 이유는 다른 사람들과 비슷했다. 출산하면 이전처럼 똑같이 사는 엄마는 본 적이 없었으니까. 내가 하는 일에 재미를 붙일수록, 그리고 수입이 늘어날수록 일과 균형을 유지할 수 있을지 그 기회비용을 고민하지 않을 수 없었다. 아이를 낳으면 지금껏 일궈온 일들을 지속할 자신이 없어 두려웠다. 그러면서도 아이를 늦게 낳으면 부모의 은퇴도 그만큼 늦어진다는 말에 조바심이 생기기도 했고, 훗날 아이가 없는 삶을 후회하게 되지는 않을까 싶어 모든 가능성을 열어두었다. 분명한 것은 아이는 축복이지만 현실적인 대비도 해두어야 한다는 것이었다. 그래서 내가 활용할 모든 인적 자원과 경제적 자원을 동원해 아이를 낳아도 내 일을 놓지 말아야겠다고 생각했다. 그러다 결혼 7년 차에 접어들었을 때 자연스럽게 아기가 생기게 되었다.

안정기에 접어들고 나서는 임신하기 전만큼은 아니어도 하던 일을 계속할 수 있었다. 아기가 태어난 후에는 집으로 돌아가자마자 내가 바쁠 때 아기를 돌봐줄 인력을 꾸렸다. 아이를 낳아도 내가 포기하는 일은 하나도 없어야 한다고 생각했기 때문에 무리해서라도 일했다. 제왕절개 수술 자국이 채 아물기 전에 미국행 출장을 떠났고, 산후조리원에서까지 틈틈이 글을 쓰며 첫 책을 출간했다. 경기도 일산에서

서울 강남이라는 거리를 오가며 일주일에 서너 번씩 미팅하고 행사에 참석했다. 그 사이 아이는 무럭무럭 컸다. 일에 몰두했지만 함께 있는 시간만큼은 아이에게 최선을 다했다. 육아는 양보다는 질이라는 말을 믿으며.

워킹맘은 수평저울 위에 일과 육아를 각각 올려두고 길을 걸어가는 느낌이다. 맨손으로 걸어도 피곤한 길을 중심을 잘 잡으며 걸어야 하는 것이다. 자칫 방심해 휘청거리다가는 다 쏟아 버릴지도 모른다는 불안함을 안고서. 일과 육아 모두 잘해내고 싶은 마음과는 반대로, 나는 일에서도 0점, 육아도 0점인 낙제생이 된 기분이 들었다. 낳고 보니 내 모성애는 생각보다 농도가 짙었다. 함께 있는 시간엔 아이에게 최선을 다했지만, 나는 점점 회의감이 들었다. 내가 좋아서 일하는데도 일하는 게 과연 내 아이가 자라는 모습을 지켜보는 것보다 의미가 있을까 싶었다. 어떤 보상이 있어도 아이를 떠올리면 향수병에 걸린 것 같았다. 강제로 일을 쉬어보기도 했지만, 그럴수록 현실적으로 해결해야 하는 문제를 육아 때문에 못한다는 생각이 들어 초조해졌다.

더욱 힘들었던 건 내 감정을 속인 것이었다. 아이 때문에 힘든 건 없는 것처럼, 육아도 체질인 척하며 동정받기를 거부했다. 내가 일하는 시간에 대신 아이를 봐주는 가족들에게도 미안했다. 내가 24시간 엄마 역할만 맡으면 모두의 삶이 행복해질 것 같았으니까.

'뻔뻔하게 엄마가 할 일을 미루고 자기 인생을 더 중요하게 생각하는 여자.' 동분서주하며 일하던 시기에 이런 댓글이 달린 적이 있다. 악플은 대체로 무시하는 편이지만 뻔뻔하다는 말만큼은 가시가 되었다. 그날은 잠을 이루지 못하고 육아 책을 읽으며 죄책감을 씻으려고 발버둥쳤다. 완벽한 엄마는 없다고, 아이가 자라며 시기별로 내가 잘하는 게 있을 거라고, 단지 그게 지금 갓난아기 시절이 아닐 뿐일 거라고 스스로를 위로했다.

한없이 마음이 약해졌을 때 쓴 일기 중에 부모님께 편지형식으로 남긴 글이 있다. 글을 천천히 다시 읽는데 "엄마, 아기 낳고 내 삶만 살려고 해서 미안해"라는 문장이 유독 눈에 들어왔다. 문득 뭐가 잘못되어도 한참 잘못됐다는 생각이 들었다. 내 딸이 커서 나 같은 상황에 처했을 때 자기의 삶을 버리지 못해서 미안하다고 나에게 말한다면 나는 어떤 기분이 들까. 나처럼 아이를 낳고 괴로워하느라 인생의 수많은 좋은 날을 날려버렸다는 것을 알면 얼마큼의 죄책감을 느끼게 될까. 이럴 바에야 차라리 내가 이기적인 엄마, 나쁜 딸이 되는 것이 모두에게 좋은 일일지도 모른다. 이런 생각이 드니 미래의 내 딸에게 말하듯, 나 자신에게 용기를 건네줄 수 있었다.

"네가 나쁜 짓을 하는 게 아니잖아. 엄마로서도, 사회인으로도 너의 의무를 책임지면서 모두 열심히 하고 있어. 넌 언제나 최선을 다했어. 정 힘들면 못하겠다고 할 테니까 미안해하지도, 부담 갖지도 말고 최대한 너의 삶을 살도록 해."

욕을 조금 먹더라도 좀 더 뻔뻔해지기로 했다. '엄마'는 단지 나에게 생긴 또 하나의 정체성이니까. 아기를 낳았어도 나처럼 뻔뻔하게 자신을 지키려는 사람들을 찾아보며 그들의 이야기를 마음에 새기기로 했다. 나를 미워하면서, 누군가에게 미안해하면서 살 수 없다. 나의 고민을 알아챈 지인이 한 말을 되새겨본다. 아이 때문이 아닌 아이 덕분이라고 말할 수 있도록 살아보라고. 맞는 말이다. 그래서 지금은 내게 어떤 역할이 주어져도 '때문'이 아니라 '덕분'이라는 마음가짐으로 살게 된다.

나에게
거짓말은 하지 마

잘 살고 싶다는 말을 떠올렸을 때 빼놓을 수 없는 개념이 있다. 바로 '행복'이다. 어떨 때 행복을 느낄까. 꼭 지금 처한 상황이 좋아야 행복하고 나쁘다고 해서 불행한 건 아닌 걸 보면 행복은 바깥에 있지 않은 것 같다. 분명 내 안의 어떤 마음이 충만함과 만족감을 만드는 것일 텐데 행복은 어디에서 오는 것일까.

러셀 로버츠는 저서 《내 안에서 나를 만드는 것들》에서

애덤 스미스의 말을 인용하며 행복은 사랑받는다는 느낌에서 생긴다고 했다. 다른 사람을 신경 쓰지 않는 것처럼 보이는 사람들은 반대로 지독할 정도로 인정을 갈망하는 경우가 많은데 이런 욕구는 인간의 본성이라고 말한다.

이 글을 처음 읽었을 때는 타인의 인정이 중요하다는 말로 이해했지만, 여러 번 곱씹으면서 '겉과 속이 똑같은 사람'이 되는 것이 중요하다는 게 포인트라는 생각이 들었다. 내가 생각하는 나와 실제의 내가 일치하고, 타인이 그것을 수긍했을 때 행복을 확인할 수 있다는 말인 셈이다.

그러면 자신이 사랑스러운 사람이라는 것, 칭찬받을 만한 사람이라는 것을 어떻게 알 수 있을까? 우리 안에는 '공정한 관찰자'가 있다고 한다. 우리가 갖기 어려운 것을 가지고, 악한 마음을 선하게 포장한 채 살아도 결국 자신만은 진실을 안다는 말이다. 양심이나 무의식으로 치환해서 생각하면 이해하기가 쉽다. 그 때문에 편파적이지 않고 하늘을 우러러 한 점 부끄러움 없이 사는 것만이 진실로 행복한 사람이 될 수 있는 유일한 길이라는 것이다. 남을 속일 수 있을지 언정 (그것도 매우 어렵지만) 자신을 속이는 건 더욱 불가능하다는 이야기다.

　나는 끊임없이 자기계발을 하고 목표 지향적으로 일하면서도 한편으로는 성공이 부담스러웠다. 성공하면 어쩔 수 없이 유명해질 텐데 너무 많은 관심은 싫다고 생각했다. '아무도 나를 모르지만 돈은 많았으면 좋겠다'라는 어느 방송인의 말처럼 말이다.

　하지만 산속에 들어가 속세와 인연을 끊고 단절된 채로 살고 싶은지 묻는다면 또 그건 싫었다. 유명해지기 싫다고 말하면서 막상 SNS에는 시시콜콜한 일거수일투족을 업로드하고 팔로워 수가 늘어나면 좋아하는 모순적인 나를 이해할 수 없었는데 그건 내 안에 있는 '공정한 관찰자' 때문이 아닐까 싶었다. 성공하고 유명해지는 것 자체가 싫은 게 아니라 내 안의 공정한 관찰자가 내가 정말 그럴 만한 능력이 있는 사람이 아닐 거라고 생각하는 것이다.

결국 사람은 자기가 가진 것으로 인정받고 사랑받고 싶어한다. 부족한 내 모습을 알기에 과분할 정도로 성공하게 되면 스스로 찔리는 것처럼, 남들도 곧 진짜 나의 모습을 뒤늦게 알아채고 배신감을 느끼지 않을까 초조해하고 걱정한다. 자기기만을 하지 않고 분수에 맞는 옷을 입었을 때 비로소 행복함을 느끼게 되는 게 아닐까. 그렇기에 행복은 멀리 있지 않고 가까이에 있다고 말하는 것인지도 모른다. 너무 먼 이상을 추구할 때보다 지금 바로 즐겁고 기쁘고 왜곡되지 않은 감정을 느낄 때, 우리는 행복할 것이다.

인생 스킬 노트

⁂ 나를 다독여주는 행복의 문장 ⁂

우리가 매일 하는 일이 행복과 관련이 있다. 우리가 어떻게 행복할 수 있을지 깨닫는 순간은, 삶과 세상의 것들을 바라보는 방법을 잘 알 때다.

– 틱낫한

인생을 헤매는 것은 행복이다. 꿈꾸는 것도 행복이다.

– 에드거 앨런 포

내가 아닌 모습으로 사랑받는 것보다, 온전히 있는 그대로의 모습으로 미움받는 것이 더 낫다.

– 앙드레 지드

아름다운 순간에 대해 대가를 지불하는 최고의 방법은 그 순간을 즐기는 것이다.

– 리차드 버크

내 인생의 1번은 나니까

성실함에 대한 나의 믿음은 종교에 가까웠다. 살면서 성실함으로 많은 일을 이루었기 때문이다. 늘 잘되진 않아도 내 힘으로 아주 못하는 일은 없을 거라고 생각했다. 하지만 인생은 마냥 내 뜻대로만 흘러가지 않았다. 아이를 낳고 돌보는 고정된 환경 속에서 성장하지 못하는 시기를 보내다 보니 나의 마음에도 변화가 생겼다.

예전에는 잘 살고 싶은 강박에 조급하게 성장을 좇았다면, 지금은 내 삶에 기다림과 여유가 스며들었다. 여유라고 해서 나태해졌다는 것이 아니다. 나의 의지로 바꾸기 어려운 환경을 겪으면서 무조건 빠르게 달리는 것만이 능사가 아니라는 것을 알게 된 것이다. '단거리 선수보다 조금 천천히 달려도 결국 완주해내는 마라토너의 자세'가 결국 인생의 속도와 맞는다는 것을 알았다.

누구나 잘되고 싶고, 잘 살고 싶어 한다. 그러나 우리를 넘어뜨리는 문제는 수없이 많다. 인생의 수많은 퀘스트, 주어지는 새로운 역할들 앞에서 어떤 사람은 애벌레가 누에 성충으로 자라는 성장통을 겪고, 어떤 사람은 고치를 짓기 위해 실을 뽑아내는 고통을 겪는 시기를 보낸다. 날개를 달고 훨훨 날아갈 나비가 되기 위해, 무엇이든 지금과 다른 존재가 되려는 과정을 겪는다.

나는 실패조차 성장을 위한 이유 있는 실패여야 한다는 강박이 있었다. 슬럼프가 오면 괜찮은 척, 아무렇지 않은 척하며 속으로는 자책감에 휩싸여 스스로를 대접해주지 못했다. 하지만 이제는 안다. 완벽하게 목표를 달성해야 하는 게 아니라 내가 가진 결핍도 나답다고 받아들이는 게 성장이라는 것을. 맑은 날에는 햇볕을 쬐고, 비가 오면 비를 맞고,

누군가 돌을 던지면 맞아도 된다고. 방황 끝에 쌓인 마음의 근력이 그래도 된다고 말해주었다.

인생에 무게가 얹어질수록 이해의 폭이 넓고 깊어진다고 한다. 힘든 상황을 합리화하기 위해 하는 말인 줄 알았는데 그 말은 진실이었다. 수많은 인생 선배들이 먼저 겪고 극복하면서 배운 진리였다. 100세 시대라는 말이 때로는 나를 두렵게 한다. 남은 시간을 즐기기엔 이룬 게 없는 것 같고, 때때로 지난한 일상을 지탱하기엔 고되고 지루하다. 머나먼 미래지만 노후 대책 같은 현실적인 문제도 떠오른다. 하지만 인생이 길다는 건 그만큼 나에게 올 기회도 많다는 것일 테다. 이렇게도 살아보고 저렇게도 살아볼 기회.

앞으로 어떤 순간들이 나를 찾아올지 모르지만 이것만은 기억하려고 한다. '나를 구하는 것은 나뿐'이라는 걸. 지금 잘되고 있다면 이뤄내기까지 고군분투한 나의 노력을 인정해주고, 잠시 주춤하고 있다면 스스로를 챙기며 얼른 빠져나오려는 선택을 할 것이다. 다름 아닌 나를 1번으로 대우

하는 것이 흔들리지 않고 살아갈 힘이 된다는 것을 알기 때문이다.

내가 마냥 잘 살아오기만 했다면 '나로 서는 법'을 이야기하는 이 책을 쓸 수 없었을 것이다. 번뜩이는 경험도, 꼭 나만이 할 수 있는 이야기도 아니지만 인생이라는 마라톤을 함께 뛰는 러닝메이트로서 성장하고 싶은 이들이 융통성 있게 나아갈 수 있도록 안내하는 조언을 담고자 했다. 삶의 수많은 선택 앞에서 필요할 때마다 이 이야기들을 꺼내보며 최소한의 중심을 잡을 수 있기를 바란다. 누구에게나 자신의 때는 있다. 잘살고 싶고, 다시 일어나고 싶고, 나다움을 지키고 싶은 마음이 있다면 결국 나의 삶을 최대치로 열매 맺을 수 있을 것이다. 달라질, 그리고 비로소 나로 서려는 당신을 응원한다.

삶의 내공을 다지는 문장들

나를 알아야 사랑할 수 있고, 사랑하는 사람은 더 알고 싶은 법. 나답게 사는 것이 인생의 정답이다. (22쪽)

A+가 아니어도 된다. 하루하루 충실하게 살았다면 B+ 인생이라고 하더라도 만족하기로 했다. (23쪽)

나에게 궁극적으로 좋은 것을 선택하고, 나를 좋은 곳에 데려가고, 좋은 사람들과 만나게 해주자. 귀한 손님을 대하듯이 스스로를 대접해주는 태도를 가지자. (29쪽)

내가 나를 함부로 말한다는 건 상대방도 나에 대해 그렇게 말해도 괜찮다는 의미로 프레임을 씌우는 것이다. 본인이 인정한 것이 되는 셈이

니까. 그렇기에 우리는 겸손과 자기 비하를 잘 구분해야 한다. (35쪽)

아무리 하기 싫어도 조금만 움직이자는 마음으로 이를 악물고 일단 집 밖으로 나가면 어느새 한 발짝이라도 더 나갈 힘이 생긴다. 땀을 흠뻑 흘리는 운동을 하지 않아도 된다. 커피를 사러 카페까지 걷든가, 분리수거하러 잠시 나가는 것만으로도 충분하다. (60쪽)

건강한 몸에서 건강한 마음이 비롯된다. (89쪽)

자기 신뢰가 없다면 세상의 말에 흔들리게 될 것이다. 이만하면 괜찮으니 천천히 가라는 달콤한 위로에, 아직 많이 부족하니 서두르라는 경솔한 재촉에 흔들리지 않으려면 목표 지점에 도달할 때까지 눈과 귀를 막을 줄도 알아야 한다. (125쪽)

내 삶에 둬야 할 것을 고르는 안목을 가지는 것. 내 삶에 대한 철학을 확고하게 가져가는 것. 그래서 자기다움을 만들어내는 것. 취향은 그런 것이다. (138쪽)

기나긴 인생, 삶의 방식을 수정할 기회를 주는 것도 내가 더 잘 살아가기 위한 방법이다. (214쪽)

불행이 찾아오는 건 내 힘으로 바꿀 수 없지만 불행에서 빠져나오는 선택은 나만이 할 수 있으니까. (234쪽)

경험치가 쌓이다 보니, 나를 기르는 마음으로 스스로를 돌보는 것이 나에게 대접해주는 길이라는 것을 깨달았다. (25쪽)

유리창이 깨진 차 같은 자기 비하를 수리하지 않고 그대로 두기만 하면 자존감 하락의 수렁에 빠진다. 나를 방치하지 않고 돌보는 것이 자존감을 지키는 방법이다. (34쪽)

내가 어떤 모습이든 '그럼에도 불구하고'라는 마음으로 자신을 아껴준다. 흠이 없고 완벽한 사람이라서가 아니다. 자신의 존엄을 믿는 태도는 그 사람을 빛나게 한다. 그런 사람들은 인간관계에서도 뾰족함이 없다. (39쪽)

나를 사랑하고 스스로 대접할 줄 아는 사람은 내 인생을 행복하게 만드는 최선의 선택이 무엇인지 안다. (40쪽)

현재에 집중하고 좀 더 나은 자신이 되기로 다짐한다면 당신은 이미 당신의 삶의 주인공이다. (42쪽)

어떻게 살아도 인생은 당신의 편. 스스로의 목소리에 귀 기울이고 스스로를 굳게 믿으며 순간에 충실한 사람 앞에 빛나는 오르막길이 펼

쳐진다. (145쪽)

처음에는 다 똑같았던 가죽 지갑이 세월이 지나며 주인의 손때가 묻고 길이 들여져 결국 고유한 물건이 되는 것처럼, 흠집도 나를 나답게 만들어주는 요소가 된다. (203쪽)

정신건강을 위해서라면 스스로를 괴롭히는 문제를 적당히 외면해도 된다. 세상에는 해결하기보다 피할수록 마음의 짐이 가벼워지는 문제도 있으니까. (248쪽)

나를 미워하면서, 누군가에게 미안해하면서 살 수 없다. 그래서 내게 어떤 역할이 주어져도 '때문'이 아니라 '덕분'이라는 마음가짐으로 살게 된다. (258쪽)

자기기만을 하지 않고 분수에 맞는 옷을 입었을 때 비로소 행복함을 느끼게 되는 게 아닐까. 그렇기에 행복은 멀리 있지 않고 가까이에 있다고 말하는 것인지도 모른다. (262쪽)

관계

같은 자리에 머물지 않고 계속 앞으로 나아가기에 매일 똑같아 보이는 일상마저도 성장의 서사다. 그들은 그저 하루하루 충실히 살아가는 것만으로도 주변에 좋은 영향을 준다. 나답게 살았을 뿐인데 늘 발전하는 모습이 타인에게 긍정 효과를 불러일으키는 것이다. (41쪽)

긍정적인 면을 볼 줄 아는 사람들은 이렇게 이야기한다. 누구나 알고 있을 부정적인 면을 '굳이' 언급하지 않는다. 그 덕에 대화는 항상 '되는' 방향으로 흘러간다. (83쪽)

대인관계에 유연한 사람들은 당장 상대방에게 화가 나는 일이 있더라도 감정적으로 대응하지 않는다. 언젠가 다시 만날 거라는 듯 '좋게 좋게' 마인드로 해결하여 다음을 기약한다. 이는 평판으로 돌아온다. 적마저 자신을 미워할 수 없게 행동했기 때문이다. (85쪽)

어떤 일도 거저 얻을 수 없다는 걸 경험으로 알기 때문에 무턱대고 질투하지 않게 된다. 모든 일에는 대가가 따른다. (168쪽)

부정적인 태도와 비판은 다르다. 부정적인 것은 일말의 가능성조차 배제한 채 무조건 틀렸다고 하는 것이고, 비판적인 것은 옳고 그름을 판단하려는 태도다. (223쪽)

우리는 더 나은 삶을 위해 어떤 사람을 가까이해야 할까? 그리고 나는 어떤 사람이 되어야 할까? 나의 인생, 나의 주변인을 위해 한 번쯤 꼭 스스로에게 질문해보길 바란다. (224쪽)

위기는 그 사람을 제대로 알아볼 수 있는 기회다. (231쪽)

삶의 후반부로 갈수록 좋은 관계 속에 있는 것이 행복에 큰 영향을 미친다. (239쪽)

어른이 되어 절실히 깨달은 것 중 하나는 내 인생은 결국 내 몫이자 내 책임이라는 것이었다. 누구도 나를 대신해서 살아줄 수 없다. (241쪽)

저마다 내 생활을 유지하게 하는 루틴이 있을 것이다. 내가 나답지 않다고 느끼는 몇 가지 포인트들을 인지하고 점검해보는 것은 내가 무너지지 않는 데 엄청난 도움이 된다. (56쪽)

루틴이 깨질 때도 한 번에 깨진 게 아닌 것처럼, 좋은 습관을 만드는 것도 작은 일부터 시작해 볼 수 있다. (59쪽)

내가 하는 생각과 말은 내가 평소에 읽고 보고 듣는 것에서 영향을 받는다. 긍정적인 것들을 받아들이다 보면 나의 내면 역시 긍정으로 채워지게 된다. (62쪽)

살다 보면 쉬어가야 할 때가 있는데 내 의지로 쉬지 않으면 타의로 쉬

게 된다. (65쪽)

배움은 꼭 당장 써먹지 않더라도, 내가 무언가를 시작할 때 주저하지 않을 용기를 준다. 나의 공부는 미래의 내 모습에 대한 마중물이다. (75쪽)

독서는 가장 저렴하게 타인의 세계에 들어갈 효율적인 방법이라고 감히 말해본다. 만나기 어려운 사람들의 인생 액기스를 책을 통해 읽으면서 식견을 넓힐 수 있으므로. 나는 매번 책에서 답을 찾고 인생을 공부했다. 내가 찾던 문장을 마주하며 머릿속을 부유하기만 했던 생각에 형광등이 반짝 켜졌다. (79쪽)

하루 계획을 세우고 나서 변화한 점은 첫 번째, 버리는 시간이 없다. 두 번째, 컨디션 조절이 용이하다. 세 번째, 꾸준한 장기 계획이 가능하다. (100~101쪽)

갓생과 과로는 다르다. 갓생은 자기 시간을 통제할 수 있다. 그러나 과로는 시간과 일에 끌려다닌다. 내가 잘사는 것처럼 보인다면, 비결은 계획적으로 살면서도 무리하지 않는 것이다. (103쪽)

머릿속에 떠도는 생각만으로는 명확하게 나를 파악하기 어렵다. 흘러가는 생각을 잡아두려면 말로 옮겨보는 작업, 기록을 해봐야 한다. (108쪽)

내밀한 생각을 의식의 흐름대로 노트에 써내려가면 어지러운 마음이 비워지고 알짜배기만 남는다. 기록을 했을 뿐인데 나조차 알지 못했던 나의 속내를 깨닫게 되어 감정 정리에도 도움이 된다. (109쪽)

취향은 하루아침에 만들어지지 않는다. 무엇이든 부단히 시도하고 반복해야 자신의 것이 된다. (136쪽)

다짐할 때는 입 밖으로 소리 내어 말해보자. 언어는 발화될 때 더 큰 힘을 지닌다. (43쪽)

나의 가난한 마음은 미래에 있을지도 모르는 기회를 스스로 박탈하고 마음의 문을 닫게 했다. 사람 일은 어떻게 될지 모른다는 사실을 간과한 채. (48쪽)

'긴장의 끈을 놓지 않는다'라는 말을 좋아한다. 긴장이라는 끈 위에서 줄타기하는 것을 어느 정도 즐긴다. 나를 팽팽하게 당겨주는 긴장감은 하루하루를 균형 있게 돌아가도록 하니까. (51쪽)

'이렇게까지 해야 하나'라는 생각이 든다면 나는 제대로 노력하고 있는 것이다. (126쪽)

이긴다고 생각한 싸움에서 질 수 있다. 하지만 이미 진다고 생각한 싸움에서 이길 수는 없다. (126쪽)

긴 삶의 여정 속에서 항상 경쟁하고 목표 지향적일 필요는 없다. 인생이란 느슨하게 유영할 줄도 알아야 하고 때로는 멈춰서 순간을 음미할 줄도 알아야 한다. (128쪽)

할 일을 SNS에 보여주는 건 나에겐 실행력을 위한 일종의 의식이다. 열심히 일하는 긍정적인 이미지를 나 자신에게 각인하며 이번에도 잘해봐야겠다는 동기를 스스로 만들어준다. (151~152쪽)

하늘 아래 같은 사람이 없는 것처럼 인간의 성장 속도도 같을 수 없다. 어떤 사람은 빨리 자라고 천천히 무르익는다면, 어떤 사람은 천천히 자라고 빠르게 무르익는다. (167쪽)

뭐든지 꾸준하게 한다는 건 자신감으로 이어지고, 그 자신감이 스스로를 더 빛나게 할 수 있다. (192쪽)

무언가를 시작하려고 마음먹었다가 쉽게 포기하는 이유 중 하나는 너무 조급해서다. (193쪽)

느려도 일관된 행동을 꾸준히 하는 것. 무리하지 않는 것. 추진력을 유지할 수 있는 비결이다. (195쪽)

시간이 걸리더라도 나아질 거라는 생각으로 끝까지 해보려는 사람과 바로 포기해버리는 사람은 천지차이다. **(222쪽)**

인생에서 후회할 일을 만들지 않을 방법은 내 생각을 실행에 옮기는 것이다. **(230쪽)**

커리어 프로의 길

꿈을 포기하지 않게 도와준 것은 돈이었다. 하루에도 몇 번씩 관두고 싶은 적이 많을 때, 어떻게든 경력을 쌓고 일하게 해서 나를 성장시킨 것도 돈이다. 얽매이지 않는 선에서 돈은 어쩌면 원동력이 될 수 있다. **(49쪽)**

여러 일을 동시에 벌이기보다는 하나를 궤도에 올려놓고 그다음 일에 도전하는 방법을 권한다. 일의 효율성과 지속성 측면에서도, 내가 브랜딩되는 측면에서도 제대로 이룬 것 없이 병렬적으로 일을 벌이기보다 하나씩 퀘스트를 깨듯 도전하는 것이 훨씬 유리하다. **(123쪽)**

결국 인생은 내가 선택한 길로 가야 한다. 잘되는 사람들은 이 사실에 의심하지 않는다. **(125쪽)**

잘되는 사람들은 적당히 만족하지 않는다. 목표를 이룰 때까지 작은

성공에 안주하지 않는다. (128쪽)

목표 달성의 핵심은 만만한 목표를 세워서 하나씩 실천하며 성취감을 자주 느끼는 것이다. (157쪽)

어떤 일이든 '시간이 날 때' 하는 게 아니라 틈틈이 '시간을 내서' 해야 한다. (159쪽)

완성도가 조금은 떨어지더라도 여러 번 반복해서 포기하지 않고 계속하는 것이 더 중요하다고 생각한다. 조금씩, 하나씩 시도해보자. 작은 성공들이 차곡차곡 쌓여 결국 내가 하고 싶은 일들을 이뤄낼 것이다. (159쪽)

가치관이 없는 인생이 휘청거리는 것처럼, 가치관 없는 일 역시 자주 휘청거린다. (175쪽)

사람은 누구나 실수한다. 다만 프로가 아마추어와 다른 점은 실수를 고치고 발전해나간다는 것이다. (176쪽)

정말로 재능이 없는 일은 시작조차 쉽지 않았을 것이다. 그렇기에 어떻게든 일을 계속하게 된다면, 버틸 수 있다면 이미 당신은 충분한 재능이 있는 것인지도 모른다. (181쪽)

버티며 생긴 일의 근력은 나에 대한 자부심이 되었다. 나는 무엇이든 할 수 있고 힘들어도 이겨낼 수 있는 사람이라는 믿음이 생겼다. (202쪽)

잘되는 사람들은 단순히 흥미가 있거나 잘한다는 개념에서 끝나지 않고 '힘든 순간을 이겨내고 계속할 수 있을 정도로 좋아하는 일'을 했고, 그게 성공의 핵심이었다. (218쪽)

정말 잘하는 사람은 자신을 길게 설명하지 않는다. 그냥 행동으로 보여주면 되니까 말이다. (228쪽)

결국 원하는 대로 이루어질 거야

ⓒ 최서영, 2024

초판 1쇄 인쇄 2024년 2월 6일
초판 1쇄 발행 2024년 2월 22일

지은이 최서영
기획편집 이가람
디자인 책장점
콘텐츠 그룹 기소미 문혜진 박서영 이가람 전연교 정다솔 정다움

펴낸이 전승환
펴낸곳 책읽어주는남자
신고번호 제2021-000003호
이메일 book_romance@naver.com

ISBN 979-11-985303-4-9 03810